——給慈美

國家圖書館出版品預行編目資料

紅葉的追尋／葉維廉著.--初版.--臺
北市：東大發行：三民總經銷，民86
面；　公分（滄海叢刊）
ISBN 957-19-2097-5（精裝）
ISBN 957-19-2098-3（平裝）

855　　86004115

國際網路位址　http://sanmin.com.tw

著作人　葉維廉
發行人　劉仲文
著作財產權人　東大圖書股份有限公司
臺北市復興北路三八六號
發行所　東大圖書股份有限公司
地　址／臺北市復興北路三八六號
電　話／五〇〇六六〇〇
郵　撥／〇一〇七一七五——〇號
印刷所　東大圖書股份有限公司
總經銷　三民書局股份有限公司
門市部　復北店／臺北市復興北路三八六號
重南店／臺北市重慶南路一段六十一號
初　版　中華民國八十六年五月
編　號　E 85359①
基本定價　捌元肆角
行政院新聞局登記證局版臺業字第〇一九七號

臺灣省政府新聞處贊助出版

ISBN 957-19-2097-5（精裝）

紅葉的追尋

滄海叢刊

葉維廉 著

東大圖書公司印行

序

你問我，為什麼在這分秒必爭、神經日夕絞結繃裂的時代裡去浪遊，花這麼多的時間，去作紅葉千萬里的追尋，到大漠裡依著冷冽空氣的挑逗去追跡她伸向萬里空無的體態，在芭蕉晚年的居所，聽靜冥思，在古代火山的口沿上馳行，思索萬劫與重生，在沸騰的火山脈搏上感受大地生變的律呂，在風雕水鑿的奇岩間，沉入太古的呼息裡，看山岩活潑潑的顏彩自大漠的原野奔馳而來……？

追尋紅葉，有一位同道說我是向絕美朝聖，說紅葉只是美的化身。如此說，紅葉、漠原、奇岩諸色、岩漿的劈山建山劈谷建谷的宏大運作，又何嘗不是美的化身呢。我們追尋它們，有時固因時空相錯緣分不合激起我們嚮往之情而奮起尋索，但美，其實到處都是，所謂萬物萬情。那麼我們追尋的已經不只是美的本身，而是我們失去了的，啊應該說被奪走、被扼殺、被埋葬了的對美的感性。

因為我們對西方人性工具化盲目的接受而進入「物以制人」的消費文化社會，一切「唯用是圖」，由是破壞自然環境，製造污染與公害，容忍沒有個性單調如囚牢的建築，容忍沒有靈性的「經濟動物」，任垃圾和化學廢料滲入我們的飲水裡，任維持生態平衡的樹林遭受到無情的砍殺，容忍物化的男男女女粗暴無禮……「唯用是圖」和人性的單面化，把傳統文化和美學包裝轉化為擬象藝術。庸俗化、商品化，把我們原有的感性，對美的驚喜的能力，像自然一樣，不是被推向鐵囚的城外，就是被破壞到零落斷裂，無以復甦。芭蕉氏，一個拜伏於我國古代道家自然觀和唐宋詩文的日本詩人，利用了唐宋詩的聲音，迴環疊變，一片和聲，響徹在超越時空、地域、國界和民族頑性的想像和感性舞臺上，帶著摒棄世俗價值的束縛和與功利主義絕緣的那份物物自得物物無礙的胸懷神馳萬象，作美的壯遊，但我們的青年，在逐物拜物物化商品化貪婪的狂潮下，有多少人還能夠帶著中國古典的美感在自然的微動裡，去追跡神思靜觀的理路，讓美在他們的心中重新誕生呢？

序

我們追尋紅葉，細細地撫觸霜葉的肌膚，聽它們美的訴述，聽它們在燦爛中輕輕的呼喚，是要把我們已經遲鈍了的感性最後的暗角裡的一點點美的衝動激發，點亮我們還沒有死透的內在的眼睛，找回那被扼殺掩埋的想像能力。走向自然，在自然不斷重新的發明裡，在火山無可抗拒的運作計畫裡，依著空氣澄明柔美的引導，讓我們冷卻一切私我的期求，給我們的感性思維再一次的昇揚與淨化。

紅葉的追尋

序

紅葉的追尋 1

北海道層雲峽的秋天 19

遲夏的訪客 31

秋天的故事 35

我們踩在火山的脈搏上 39

雨中圓覺寺 57

東京物語 61

新幹線上 79

布農堡因緣 83

——龐德、瑪莉和我

「雅舍」的命運 111

朝辭白帝 117
初登黃鶴樓 125
幽幽桂花香的奈良 129
山水日記 135
山路悠然見菫草——給幻住庵的主人芭蕉氏 139
安達魯西亞 153
新墨西哥抒情 177
迷離的巴里島 213

紅葉的追尋

第一次對紅葉作幻想幻遊幻夢，是起自唐代的詩歌。對一個出生於南方成長於南方的人而言，我只能把紅葉投射入一片透明的空間，只能憑想像來填補那實地穿行的感覺。譬如杜牧四句：「遠上寒山石徑斜，白雲深處有人家，停車坐愛楓林晚，霜葉紅於二月花」。因為沒有生長和生活在中國的北方，在我讀此詩的少年時期，只能借助畫家的視覺，把經驗中的二月花紅，疊合在白雲上，把楓紅的溫暖比對著寒山石徑。又譬如王維四句：「荊溪白石出，天寒紅葉稀，山路之無雨，空翠濕人衣」，色澤躍焉，感覺潤麗，在我的感受中激起渴望，激起夢。在我讀這些詩的少年時期，已默默中對自己承諾，只要客觀條件容許（如人為的「鐵幕」的化解），我第一件事就是要去追尋「紅於二月花」的「霜葉」，或如王維另一首詩提示那樣，一葉小舟，「坐看紅葉不知遠」那樣忘卻時間而沈醉在目不暇給的楓紅裡，雖是通過詩的紅葉夢，楓紅的肌體、色質、氣味，竟也有幾分真切。

想像中的真切，畢竟仍舊是想像中的真切。王維與杜牧的淋漓欲滴與透明亮麗的真質，猶待我去穿行撫觸。

但第一次穿行、親觸紅葉的色彩世界，不是在我夢寐以求的中國北方，而是在遙遠的美國東岸的大學城普林斯頓。

一九六三年殘夏，我從美國西岸轉到此小城不久，馬上患上「花粉熱」（我患上的其實是「枯草熱」，統稱「花粉熱」），加上居住的問題、學業的問題的壓力，使得過敏症更加難以忍受：鼻子塞得無法呼吸，眼睛癢得淚水直流，整個頭如塞滿了生了銹的鐵絲，沈重如鍋蓋下壓，鍋內蒸氣無路可逃。

突然，彷彿是約定似的，紅葉來，「花熱」去。一夜之間，分隔出兩個完全不同的世界。彷彿為了使我可以開懷擁抱紅葉的世界，準時地，在十月十五日，呼吸頓然順暢，眼睛舒適透亮，腳落實，頭輕鬆，為了我第一次迎接紅葉的到臨。

沒想到，第一次真正和紅葉接觸的感覺，竟是全然被一種異常巨大的雄渾壓倒。驅車北行，一山一山的濃烈的紅色，黃紅、朱紅、泥紅、煙紅、紫紅，層層疊變，疊疊神奇，一山高一山，一山遠一山，目無以極，情無從盡，彷彿搶去了所有的天空。慈美和我，忙於在腦中的調色板上搜索切合我們感受的色澤，一種亢奮中的廢然，廢然中的亢奮，久久不能回復沈寂，來細細品味其中的靜美。

這第一次的觸感，下意識中覺得，這美東區的紅葉好像和杜牧、王維的世界不同。唐代詩中的紅葉，感覺上是清雅明麗，美東的紅葉是濃密雄奇。實質上能否這樣分，我不願意去追問。但我也曾這樣想，東方，尤其是日本，紅葉往往與楓葉是同義語。美東的紅葉，是萬樹雜陳，因質異色，濃淺相爭，樺檞楓桐，各分秋色。在東方，楓似樹之后，是一種細緻中的獨領風華。我曾這樣想。

說普城的紅葉雄奇中不見細緻顯然是有失公允的，尤其是當我們沿著卡內基湖散步，看人們傾城而出，在岸邊盛裝野宴，隨紅樹倒影散髮旋裙的逐戲，那張活生生活化的畫，我們始覺得自然給我們培植調養美感的偉力。在湖邊走，是走在紅樹下，是走入紅葉裡，是在親近親密的距離中觸撫紅葉的肌體，是在一葉勝一葉的挑戰中印證它們的色質的異相，是在光影變化中調度我們的心境來迎接萬變萬化的氣氛。在這一個月秋葉的燒紅裡，我們在湖邊一共做了四次四個小時的穿行；真是「坐看紅葉不知遠」，坐看紅葉不知倦。

說起來你必然不相信我們和紅葉發生的愛情。

一九六七年，我由普城飛到永遠的陽光永遠的春天的南加州任教，面對塵綠的沒有季節變化的半沙漠植物，慈美和我都有一種難以言說的焦躁。到了秋天，靠著人工灌溉的園中樹，雖也依期落葉，但一下子便由綠葉變成落葉，跳過了霜雕的過程，我們是如此焦躁，對紅葉是如此的相思，我們禁不住思念催迫，那年十月，丟下一切，驅車上附近的高山，希望在高山的秋寒中，可以捕取一點兒紅葉的蹤跡，來滿足我們的思念。結果只見焦黃紛落，徒具寂寞與情傷。

其後，幾度類似的追尋都落了空。記得有一次，在十月間，在加州優勝美地的後山一個不為人注意的河谷裡，看到了一片金黃金紅的樹林，如剪紙的色塊，深淺有致的疊現，我們瘋狂了好一陣子，但一林一林一山一山的紅葉，因為時空不合，竟然十餘年未得重見。

重逢不是巧合的。重逢需要對時間與空間的征服。譬如利用休假，譬如利用研究計畫的重點。有一年的秋天，我終於爭取到在歐洲渡過。歐洲我曾多次穿行，英、法、德、義、奧、匈、及西班牙，都曾開車慢慢細細品味大山城鎮的古意，但這些行旅，多半發生在夏天。而夏天的歐洲，綠毯紅罌，自有一種柔麗。但秋天的歐洲卻是另有天地非人間，尤其是金黃的杜當爾谷和瑞士少女峰前晶冰照楓紅的河谷地帶。

是一種際遇把我們帶到法國中南部的杜當爾谷，慈美和我在巴黎一間博物館的咖啡廳歇腳，一對由美國來的夫婦和我們聊起來。他們說每兩三年都要到法國中南部的杜當爾谷，因為那裡風景太美，文化歷史太豐富了，又說不但舊石器時代的岩畫在那裡，中世紀的遊唱文化也在那裡。他們提了幾個地名，其中之一就是Perigeaux，我立刻想起我研究多年的龐德詩中的Perigord，遊唱文化中武士、公侯借助遊唱詩人，替他們向公主美女們在古堡下彈唱訴情的浪漫場面與景色，立刻在心中油然再現。這個偶然的提示一下便觸發了我們向杜當爾河谷的進發。

時值初秋，沿途的防風林已經轉黃，一展向藍天，已經使心胸暢然。心中一直浮現著遊唱

正覺前行無路， 不料回首一看，依著深谷牆立，好一個山城，一間疊一間，疊羅漢似的， 靠著峭壁，摺疊而上，在斷崖高處，壯麗的幻塔，揮袖的城堡，一種孤絕古遠，傲然獨立在永不老去的藍天裡。（杜當爾谷 Rocamador 城，廖慈美攝）

文化的古堡，我們很自然地搜索它們的蹤跡，而且很快便找到一些，破落而雄偉地盤踞在小山頭上。中南部的小鎮，有時只有數口人家，藏在樹木間，伏在小丘上，古拙，彷彿自中古時入睡至今未醒。

沒有多久，忽然路千彎萬轉，忽高忽低，兩旁金黃的樹葉蕭蕭閃爍。我們原是為追尋遊唱文化而來，沒想到遇上這樣豐美的林木，沒想到黃葉有這樣多的層變，草黃，淡黃，泥黃，紅黃，金黃，隨著河谷變換，時而葉密色密似畫布橫阻前路，時而豁然開朗，點彩的黃樹林間著綠草原雜著土屋數間由河底漫向高原，時而從高處如散花點點蝴蝶滅入幽谷。真是美景千萬，目不暇給，開了四小時車的疲倦頓然消失。

杜當爾河谷之迷人處，在此初秋之際，是自然的豐美襯托著歷史文化的富裕。如果你是畫家，你必然如我，作無數次的駐足，看倚山的城堡被金黃的樹葉浪層飄浮，或從古堡的缺闌俯視流麗的金黃與千彎萬轉的清澈的河水唱和。但最令人流連忘返的是古城Rocamador。我們彎彎轉轉，高高低低開到一處斷崖，正覺前行無路，不料回首一看，依著深谷牆立的，不是一個獨立的城堡，而是一個山城，一間疊一間，疊羅漢似的，從散佈著一些白羊的金黃的谷底，靠著峭壁，摺疊而上，在斷崖高處，以壯麗的幻塔，揮袖的城堡作結。一種孤絕，一種古遠，傲然獨立在永不老去的藍天裡，和青春不斷的自然對話著，春來遍地谷花，秋來一山黃葉。我們站在這個不變的自然與不斷遞變的歷史之間，入古而出今，出今而又入古，因著黃葉夢的追尋。

由中古我們突然又躍入文化的始源，我們在地殼的內裡，在黑暗中，聆聽到舊石器時代伐獵獸畫靜靜的訴說，而覺著生活世界永久不斷的藝術的話語；我們在河谷的巨石群中，看到人類祖先生活的留痕，在他們的岩穴裡坐下，聽著淙淙的河水，看著閃爍的金黃林木，沈入我們人類祖先的思索裡：這些音樂，這些顏彩可就是他們聽到的音樂和看到的顏彩？

如果杜當爾河谷此時一片金黃，法國的阿爾卑斯山區和瑞士的阿爾卑斯山區必然是深秋的景象了。如此想著的時候，我們就決定改變行程。瑞士以前曾來過幾次，但都在夏天，雖曾在少女峰前，馳過高山山花遍地的綠野而驚見雪傾似雲，雲瀉似雪和山痕雪網在湧不絕的雲霧中的奇景，卻沒有機緣看到瑞士的秋色。

我們不辭開車的勞頓，翻山越嶺，穿過法國的阿爾卑斯山區，穿過日內瓦，向茵得里根行進。茵得里根(Inter Laken) 即兩湖之間的意思。湖水因帶有山上沖下來的灰礦，藍中帶粉，粉中帶藍，是一種難得一見的藍色，一條流動的玉石，清雅溫馨，有邀人喝飲、邀人出浴的挑逗。

而就在這樣溫馨清雅如玉的河谷中，我們和晶冰與楓紅相遇。王維如果在這裡看到這楓紅，不知會怎樣去描述它，也許會說「玉溪粉石出」，或許會說「晶寒紅葉燒」。先是河谷盡頭拔起晶光的冰峰，割向白雲與靛藍互玩的天空。冰峰前綠原上好一片掛滿了天竺葵花的雕樑精舍，左右面是削立的冰崖，晶白一片，爍爍焉，寒氣入骨，而不覺冷，因為冰崖上，疏疏密密懸生著垂掛著的是似火的紅葉，濃冽、成熟，在晶光中發揮著它們凋零前的絕美。一崖又一崖，一谷又一谷，與冰河互照，與玉溪爭輝。如果王維曾說「坐看紅葉不知遠」，我們此時要說「坐看晶楓不知倦」。自然給人的觸發，是很有意思的。對老邁而被困在夔州的杜甫而言，這是一種凋傷：「玉露凋傷楓樹林」。但在另一些場合裡，這凋傷發放出來的，是一種動人的美，是我們感性思維的一種提昇、一種淨化。我雖然曾因杜甫一句而感動流淚，但此時此刻，我寧願把一切的不快停住，讓此刻晶白中的楓紅把我佔有。

我始終無法忘懷東方的楓紅，在個性上，不知道我看到的這些秋景和中國北方的有怎樣的分別。但由於時空不合，我始終沒有機緣。有一年十月，我在北大講課，也曾抽空去香山看紅葉。但去得早了些，只是粉塵中點點隱約的暗紅而已。倒是因為去潭拓寺，穿過北京的郊野，看到了另一種難以忘懷的秋景，不是紅葉，而是柿紅。此時木葉落盡，滿樹紅柿，如小燈籠，如紅玉，在風中搖曳，一山又一山的紅柿，在一片乾枯的色澤中發亮，也可以說是一種絕景，是可以與紅葉爭輝的一種秋色。

沒有在王維與杜牧的北方看到紅葉，卻在日本北海道的層雲峽與青森附近的十和田湖看到一種清細的秋紅。

從札幌向旭川方向行車，在潼川與上川之間，綠藍的山上，只是疏落的桔黃與桔紅。但，也許是宿雨和晨露的關係，這桔黃桔紅有著一種淋漓欲滴的流麗。在上川轉巴士到層雲峽，霏霏寒雨，有些刺骨。在山峽間迂迴攀行，頓然兩旁的點紅點綠，竟似法國的杜當爾河谷所見，一種似曾相識。但很快的，便覺出其中的不同，因為是峽谷，兩旁矍然拔起的，是諸岩競麗的峭壁。一方面，是細緻黃紅相間種種柔姿的美樹，另一方面是奇拔的剛勁的岩峰，陰陽相推，柔剛互玩。看奇岩諸峰，名之為集仙峰、萬景壁、蝴蝶岩、九老峰、吐泉峰、殘月峰、冠岩、天城岩、天柱岩、神削岩、羽衣岩……一時間，豐滿得無法擁載。群岩競飛，一個搶著一個入雲天。看黃樹紅樹，此時也由淺色入深色，色色挑引，色色誘變，目不暇給。而奇岩垂青垂紅，在雨中滴青滴紅，與瑞士晶冰照楓紅作著某種回響。

也許是斜風箭雨的關係，也許是山谷引風風引谷的關係，點點撇撇都是沾紅沾黃的顏彩，都是舞動風雨的蝴蝶，都是花絹湧動在峰岩間。我們停下，喝一杯茶，定一定神，去細看，黃的層次，紅的層次，是如此之多，如此之細，除了畫家的不斷調色，在文字裡，我們找不到可以描述的語字。色色爭艷，有一種生命的燦爛，但燦爛中有一種輕細的呼喚，一種靜的細語。是什麼組構使到它們呈現和美東秋山的差異呢？是我們來得還是太早了一些嗎？是因為紅的疏落，沒有山山不絕的千紅那樣雄渾有力？當我們坐纜車上黑岳的時候，開始注意到另一種境界。車子昇高，我們一路看到有絕紅的叢樹，愈高愈紅。這是說，秋已成熟了。雖有絕紅，而仍疏落。再細看，才知道有長青的松樹把紅樹間斷，才注意到岩峰作出的間斷，所以那楓紅，便更細緻更微妙而更嫵媚。譬如流星瀑布和銀河瀑布，自攀天的峽谷濺下，飛絲飛白，有聲復似無聲，永久地濕潤著削直的黑岩，永久的流麗流亮，此時，在四濺的水霧中，在黑岩的裂縫間微顫著的，是一株、兩株、三株另一種流麗、亮麗的楓紅，如細細的剪花，那樣輕逸地透過水霧呈現出來，雄奇中是一片陰柔，一片纖細。

金鋼中花崗中見溫柔，莫過於層雲峽中的小函溪谷。小函因為地勢，只能走路去看，或乘單車，頂多包一部計程車，大型觀光巴士到不了。就是因為地偏而給有心人提供了親切的接觸。小函是一狹窄多變的溪谷，峭岩有如經過神的斧鑿，削得如此平齊，從高天直落溪谷裡，有些岩條，柔滑如膚如羽如扇如孔雀開屏，已夠我們花上半天去細品，而在此既剛且柔的淋漓裡，幾株紅葉，數朵山花，從石縫中爭拼出來，如此的挺拔，又如此的清雅纖美，恐怕世界上不多見，溪谷無人，加上雨霧的拂逗，就撐一把傘，讓我們作半日的溪行。

十和田湖上看紅葉則又是一番境界。從青森上山入十和田溫泉鄉，一路上是紅葉燒山，從

在北海道層雲峽的小函溪谷裡，有些岩條如羽如扇如孔雀開屏……而在此既剛且柔的淋漓裡，幾株紅葉，數朵山花，從石縫中爭拼出來，如此的挺拔，又如此的清雅纖美。（葉灼攝）

熱烈的金黃中燒出一團一團的絕紅，燒出點點柿色的溫暖。及至到了奧入瀨溪，燒紅忽然隱去，而出現如乳如紗的溪瀉與瀑流，每因抹石而如雪花飛散，或因激石而沖，夾石而濺，好一片自然音樂的柔麗。就在這種森沈陰暗的溪谷間，在充滿著水分的濃綠裡，一株、兩株、三株，又一株、兩株、三株細葉的楓樹，或倚石拂水，或依瀑流而搖舞，或穿間綠林而展張，薄薄的紅，一層一層高上去！一層一層踏下來，不逼人，不誇張，沒有濃妝，只憑自然的肌體湧現胭紅。

半夜被雨聲打醒，推窗一望，外面一片濃霧，明朝的湖景想必泡湯了。

早上仍是雨，霧果然籠罩著湖的四周，只能隱約中看到一些色澤。去遊湖呢？不去遊湖呢？既然來了，雨中的湖，霧中的湖應該也是美的。幸好我們決定遊湖去。因為一個一個奇岩的小島，如一個一個獨出心裁的盆景，洞石青松間，一枝兩枝斜姿的楓樹，如纖纖的粉手，在湖面上，在湖水裡，作雙重的舞躍，一片楓葉，兩種楓紅。因為島岩立臥有勢，因為松枝龍盤虎踞鶴立燕飛，因為楓姿清雅，葉細色柔，因為岩島各以奇制勝，因為湖岬以變化爭寵，出霧入霧，綠意紅影，挑逗著我們，撫觸著我們。教我如何去把這些美的瞬間一一抓住？一些詩句，

奧入瀨溪如乳如紗的溪瀉， 激石而沖，夾石而濺……在充滿著水分的濃綠裡一株……又一株細葉的楓樹，倚石拂水，依瀑流而搖舞。（葉灼攝）

一個一個奇岩的小島，如一個一個獨出心裁的盆景，洞石青松間，一枝兩枝斜姿的楓樹，如纖纖的粉手，在湖面上，在湖水裡，作雙重的舞躍，一片楓葉，兩種楓紅。（十田湖景之一，葉灼攝）

到了唇邊，都隨著雲煙一一失滅。但我確實知道，我確曾真切地撫觸到霜葉的肌體，確曾聽到它們美的訴述，在我內在的眼中，全然具體，全然真實，全然活潑潑。

——一九九二年十一月二十日《中國時報・人間副刊》

北海道層雲峽的秋天

1

極目的大空大寂裡
好一片閃爍的流麗

無人看見

高山上　峽谷裡
霜霜　雨雨

高山上　峽谷裡／霜霜　雨雨／成熟了／淋漓欲滴的秋紅（葉灼攝）

成熟了
淋漓欲滴的秋紅

2

斜風
箭雨
點點　撇撇
點點　撇撇
滿山滿紙
都是
沾黃沾綠
沾紅沾紫的
顏彩

3

山谷引
風
風引谷
一山一谷的紅葉
一山一谷
翻飛舞躍的
蝴蝶

4

雨是水
葉是顏料

是誰
這樣一潑
便色色著位
色色本色地
因紅見綠
因綠見紅
就這樣一潑
山山峰峰
都晾掛著
谷風時時湧動的
一匹一匹的花絹
在層雲峽的千柱上
等待陽光的降臨

因紅見綠／因綠見紅／就這樣……山山峰峰／都晾掛著／谷風時時湧動的／一匹一匹的花絹（葉灼攝）

5

讓我們　牽手　入山去　去
呼吸　秋色　去　體認
成熟的過程

6

温泉　瀰漫的　雲煙裡
隱約是　冰肌的白
　楓葉的紅

7

銀河

自攀天的峽岩
濺瀉
永久的
濺瀉
有聲若
無
聲　雄拔
猶是絲似的
陰柔
永久地
濺瀉
影紅
影綠

是水的生機
是水的一片歡喜

8

無形的
斧鑿
一揮
把橫展的巨岩
削得如此
線線垂直
面面平齊
自
層雲間

直落深淵底

我們只能仰望
我們只有驚呼

9

有一種金鋼花崗的柔軟
你們可曾見過？
羽衣
滑溜如膚的頁岩
如巨扇
霍然
扇開而

昇騰
當黃樹紅樹
黃葉紅葉
急急迴避
如中分的海浪
如匍匐在地的群臣

你可願意和我
一同
踏著天柱
一路
從天城岩

舞躍過去。

——一九九二年二月十九日《中國時報・人間副刊》

遲夏的訪客

所有的柿子都已轉紅
楓葉仍然盛綠
早了些，季節還未圓熟
空氣彷彿這樣
向訪客訴説

何處可以尋見那些
使寂靜亮起的
或金或紅的葉子

和閃爍其中的もののあわれ（註）呢？
水
隱約
自苔暗的深處
緩緩滴落
音樂似的
擴漩出去，輕輕的
觸著遠城與遠城間
織就的一個夢

可是為了一首想望的歌？

破碎的聲音

在高風中凌散
數朵紫藤花
季節錯誤地
挑逗著
初秋的雨
在高山上盛放

紅柿綠楓
金稻藍嶺
不也夠色彩去譜一首歌嗎？
依著你胸中湧溢的
夢與愛……
空氣彷彿這樣

向訪客訴説

——一九九二年九月末於日本

註：もののあわれ的漢字是「物の哀」，但「物之哀」不能表示日文的意思，所以用原音，是對物變所感的幽深細緻的愁意。

秋天的故事

紅葉
總是在最燦爛的時候
死去

不識季節
不識年齡曲折深沈行程的
一個幼兒
快樂地嚷著：
我愛那色彩

媽媽
我愛那色彩
永遠地金黃金紅

媽媽卻獨自垂首沈吟：
在最燦爛的時候死去
是最輝煌的結束
遠勝過
朝菌不知晦朔
蟪蛄不知春秋……

不識季節
不識年齡曲折深沈的行程

不識甚麼叫做朝菌不知晦朔
甚麼叫做蟪蛄不知春秋的
一個幼兒
繼續快樂地嚷著：
我愛那色彩
我愛那色彩
永遠地金黃金紅

——一九九三年秋

我們踩在火山的脈搏上

火山所激發的不是夢，而是驚懼、敬畏與想像。大死亡在人措手不及的時候突然來臨，驚惶、恐怖劃過所有狂奔的面孔，燒灼的狂叫，岩漿湧淹前的痛呼，如熊熊大火大煙中前仆後倒即成火炭的樹林，山沸河沸，那是想像無法追跡的大毀滅。我們雖不曾親睹，但聽自文字、見諸電影電視影像，栩栩如生的運作，我們在安全的距離中想像都有幾分惶恐。真難怪直接受到火山爆發凌虐的人，在隆隆的地變，石塊如雨的爆破和飛散中，會視之為神怒與天譴，其來勢確似神行。

我從來沒有欲望去追尋火山，像我追尋紅葉那樣的熱切興奮；但因為喜歡旅行的關係，竟也曾幾度在令人不忍卒睹的火山的遺痕中佇立，在餘悸裡感到大災難中的淒切，也曾在遠古爆發後墳起、如今一片奮發綠色的絨帽狀火山群前沈思，在柔美中追想了無痕跡的天劫；或在刻正爆發、岩漿刻正流燒大地生命的巨大運作中驚歎驚懼。

一、「鬼押出し園」

一九六九年夏天，我在美國留學教學若干年後東返，趁岳父和內弟在日本之便，在那裡作了十數日的勾留。初到日本，看皇城、神宮、廟宇、庭院，並在京都看到了唐代的遺風，暫時解了長年在外的鄉愁之渴。但更意外的，是去了信州，在輕井澤附近，不但看到了那裡純日本的鄉風古意，而且初次感到火山爆發的餘悸和大毀滅的廢然與淒涼。

我們事先並不知道，友人開車帶我們到處看看。輕井澤附近是高山區，在一種較舒服的夏涼中，看到綠茸茸的田野，看到粉竹垂青，霧雨滴翠，對一個滯居在南加州半沙漠乾涸地帶的人而言，這是歸家的感覺。看神奇的白絲瀧，在圓山山腳劃一橫線地滲出，作環狀傘瀉，如紗如絲，柔潤如女子出浴，洒脫如白鴿輕飛。

正當我們沈醉在這種柔翠與細軟的景物之際，忽然車子一轉，赫然在眼前出現了這樣一個驚人的牌子：「鬼押出し園」（園名：把鬼趕出去之意）。名字令人驚怖寒顫之外，極耐人尋味：為什麼要取這樣一個奇怪的名字呢？那裡來這些鬼？是屬於中國鬼節那類的迷信嗎？抬頭一看，極目無盡的，是黑色的亂石，堆疊成山成谷，在淒迷的微雨中橫直的伸臥著。遠處一些燒香之煙，自一片荒涼中升起。原來，園址過去，是一條村落，若干年前火山爆發，才一秒間，爆瀉的亂石便把全村掩埋，無一生還，連屍骨都無從收取。一村的生命，一村的歷史，便如此在一瞬間完全抹滅，不留痕跡。但站在驚惶的亂石間，看著石隙間已經回復生長而且生長得如此燦爛的紅色的山花。我們彷彿聽見、看見、感受到華格納龐大的交響樂，靜靜地演出莎士比亞的大悲劇群。在那種洶湧的悲情中，我欲寫詩而不得一語，而只寫下三句：

呼喊

才到了唇間

即成岩石

為什麼叫做「鬼押出し園」呢？那些沒有半絲機會去想到逃生便已埋葬，那些生命願望完全沒有機會去完成便已化滅的人們，他們的死已經很悽苦悲壯了，為什麼還稱他們為鬼，凶神惡煞的鬼呢？為什麼還要趕他們出去呢？這個地方，應該稱為某某村紀念園，讓人來禱告憑弔。他們與我們之間，只有幸與不幸之分，沒有人鬼不相容的關係。而村子之被埋滅，是自然大循環的劫運，我們站在巨大的亂岩間，在淒淒陰雨的沈黑裡，應該對大劫的偉力表示敬畏，對死者應該設身處地地痛傷思懷之外，感到我們在劫與劫之隙縫中之大幸而努力完成我們難得的生命。

二、從馬鈴薯田長出來的「昭和新山」

說火山造成的地變是一種迷人的誘惑似乎是不可思議的事，我們曾親身看到感到。我們去年去北海道的洞爺湖，原是要看澄鮮中的楓紅，不料那年紅葉姍姍來遲。我們只好繞道去看昭和新山，那座從平地突然躍起的新山。新山地點原是馬鈴薯田，有一天，從田中地爆突然冒起一座小山來。

我們從洞爺湖轉入山路，兩旁綠松疏間排立，挺然雅麗，偶有黃樹點彩，有了些秋畫之意。轉了一個彎，一座紅泥山，山頭上冒著煙，從綠草坡間拔起，甚是動人。煙不停的冒，很自然地感覺到地層下岩漿必然不停地滾沸，山此際也應該不停地昇高。想到那馬鈴薯田的農夫當時看到他田中日日突起高升的山動，不知驚懼多少，敬畏多少。因為，我們現在看它，一面被吸引走向它，想細細為它把脈，去聽它心臟內的沸騰和它隨時或將爆發的湧動。啊，當原始詩人們說：「把耳傾向地面，你將聽見大地的湧動」時，沒有比此刻更真切的了。一面被吸引著，心中一面有另一種湧動，也就是微微顫動的懼怕。假如現在山中心的岩漿突然湧射，熔岩突然如雨四濺，壯烈之間，我們將會怎樣的驚惶啊。大地有大地的計畫，一種天機，也不是你我可以揣測的。來了，就要帶著朝拜的心情去接近它、迎接它，爬過綠草坡，觸摸熱沸的紅泥，去感覺山的成長。

新山和舊山形成的狹谷的對面，是一座矗天的舊新山，在天空中黑岩裂破雲天地，也噴著煙，深遠神秘。早有生意人設了纜車，高價敲詐。我們受著黑岩煙裂的挑引，便也上了纜車。纜車昇空的時候，視野展開。先是昭和新山，真像一個烤熟的馬鈴薯，從圓裙似的谷原上拔起。好大好綠的一片谷原，在霧煙色的遠方，是更大更高的峰群，把洞爺湖和谷原環抱著，峰間瀉雲或橫雲奪嶺，流勢中的一種靜止，比對著眼前昭和新山拂動的熔煙，一切都如此寂靜安詳，一切都好像為了更大的爆發而準備而等待。

大地有大地的計畫，一種天機，也不是你我可以揣測的。來了，就要帶著朝拜的心情去接近它、迎接它，爬過綠草坡，觸摸熱沸的紅泥，去感覺山的成長。（日本北海道洞爺湖附近從馬鈴薯田中長出來的「昭和新山」，葉灼攝）

上到山頂，才發覺我們就在黑岩煙裂的足下，如此的近，氣勢更磅礴了。裂岩好像繼續在裂。也許是熔煙的關係，也許是矗起入天的關係，也許是因為，不同於昭和新山的紅泥，這裡是一種久遠邃古的黑色，我們在俯仰間，好像已經通過黑色時間的甬道，從遠古來到，和這遠古的火山相遇。後來發現，眼前其實是新爆新裂，竟是一九七七年的事，是舊火山的新爆發，所以稱之為「舊新山」。放眼左看，一片無盡的斜傾拋瀉的黑沙石，就是新的火山口。這一片原是牛羊閒蕩的高原，現在是一片死黑的沙，在大鍋中，一種古戰場的死寂，山風颼颼，秋寒膚割，這可是行將再度爆發的死亡的黑風？黑岩前，黑風中，一片紅花一片山菊竟是如此悠然自得地奮發燦然。

三、大陶工在法國留下的陶帽火山群

當驚惶恐怖經過百年、千年、萬年的淡滅，人們偶然撞入高原的山谷，或在高原的峰崖間遠眺，會發現一列柔綠如翠玉的小丘，如頂上略凹的佛蘭絨帽，大頂小頂地在高原的舞臺上前後左右有旋律地排立，曾經有一個巨大的陶工，按照絨帽的樣子捏好燒好了放在高山的谷原上，

黑岩煙裂的黑風中，一片紅花一片山菊竟是如此悠然自得地奮發燦然。（北海道洞爺湖附近待發的舊火山，葉灼攝）

忘記了帶走，或太大而帶不走，經過了萬年的雨水濕氣，如今長得厚厚濃濃的青苔，在藍天白雲盛放的陽光裡向南北兩極展開，或在雲的絲帶間，在霧的忽明忽暗裡，向我們挑引。

像這樣磅礴的陶帽火山群的展覽，像這樣難得的眼睛的饗宴，我們在法國中部名叫Clermont-Ferrand 城外的Puy de Dome 山巔上享受到。那份茸綠與清涼，叫我們怎樣也喚不起萬年前熔岩卜卜滾沸的景象與歷史，更無法想像是否也有過悲涼悽慟的大死亡在遠古發生。此刻我們只有像孩子初見花朵一樣的喜悅，只發出「啊」的一聲，便默默地讓這些線條柔美不露瑕疵的陶帽火山印入我們的心幕上。

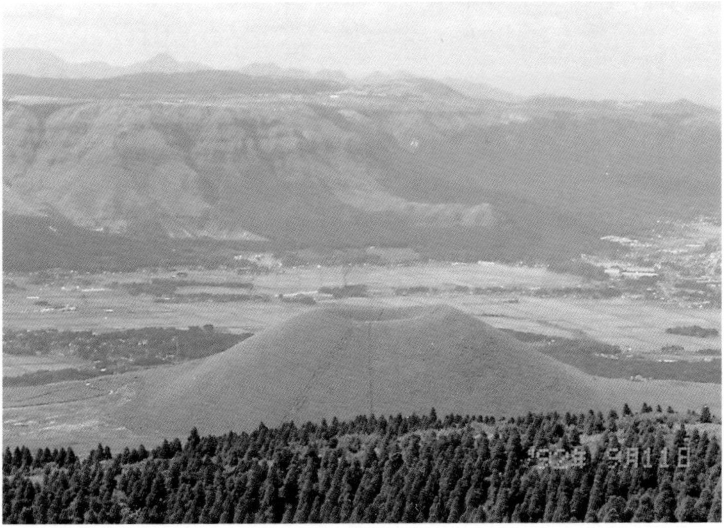

柔綠如翠玉的小丘，如頂上略凹的佛蘭絨帽……由一個大陶工在千萬年前捏好燒好放在高山的谷原上。（九州阿蘇山的陶帽火山，廖慈美攝）

四、被柔綠裹護著的阿蘇火山

說來這是我們的福份。今年夏天，應友人三富之約，重臨日本福岡，在附近的阿蘇火山國立公園內又見到相似的神化妙境。三富的安排最細心，最能了解我們對風景的狂愛，選的是最具日本溪谷美的山路行車，和最具和風味道的旅館駐足。因為由他開車，一路又有散文名筆王孝廉指指點點，使我們得以最閒適的心境去印認宛曲多姿的山景。

我們離開杖立溫泉富留屋（日語：古屋之意）的時候，主人說，阿蘇山昨日剛剛爆發過，恐不易接近。此語一出，在我們腦幕上閃過的，是去年離此相去不遠的雲仙火山爆發的驚怖場面。我們十多年前曾經從長崎那邊上山探尋過，山上溫泉旅館林立，除了來洗溫泉之外，大家都要看雲仙最美的、騰騰煙霧中的山杜鵑和特別柔潤的綠松，與仍在滾沸的溫泉泥漿互相玩味。沒想到我們再來九州的時候，一切已經蕩然無存。說阿蘇山昨日剛爆發過，不知它的時間表會不會像雲仙那樣把人、物一同吞滅。

忽然，王孝廉說，你們看看前面的やまなみ（山波，山的波浪）！我從來沒有看過那樣多

如水浪的山波，而此時，一種陰陽有致的迷人的濃綠柔綠，沈實的、明麗的、茸厚的、草薄的、深的、淺的，不同的波度，不同的摺痕，蜿蜒向遠山遠谷。好大的一個環袖的山波，而我們正在沿著這個環袖的山波馳行。從環袖的山波往下看，深谷底是好大好大的一片稻綠稻黃相間的田園山村，說綠說黃，都無法描出那層層變化的綠與層層變化的黃，是法國印象派蒙內的色澤，是一些梵谷雜著一些塞尚，這樣說，也只是呈現其中之萬一而已。

「你們可知道我們正在古代火山口的口沿上奔馳？」三富說。這一句話，馬上激起另一種情思，現在充滿著奮發蓬勃生命的盆地和谷崖，萬年前原是萬里劫灰。自然生死循環的運作是如此的令人敬畏，植物生長蔓延的力量是如此的頑強。想想，如此大的爆發，岩漿必然把土中的一切生命灼燙無遺，但這熔岩與焦土不但成為最肥沃的泥土，而且千萬種草木，種子也不知從何而來，竟能如此地欣欣向榮。此刻又令我想到鹿兒島的櫻島火山，整個島是亂石崩雲，海灣、山谷間，爆散堆疊的亂狀奇勢猶似昨日發生，熔岩傾倒入海把鄰近的小島連為一體的地變彷彿生動地在眼前演出，事實上，火山每日仍然煙柱沖天，天天把黑灰撒向四岸的村鎮，甚至把一半的鳥居門掩沒；而就在這種猶在爆發演化的亂石上，群松競生，一片野草猛力向火山口爬生上去，這種再生重生的生命力，不得不叫人讚歎，而感到我們身體中必然也孕育有再生重生的能量。

現在我們在谷底馳行，隔著一片稻田的初黃看過去，一片柔潤的嫩綠的草原，草原上拂動著芒草，毯子一樣斜伸向藍天，在最高處與第一邊的斜原形成一個缺頂的A字，旁邊兩個彷彿仍在波動的山頭，湧向摺藍摺綠的另一組山，一種玉的涼，一種充滿著水分的色澤，怎樣也不能想像它裏著的是正在醞釀作再一次的湧溢爆發濺瀉的岩漿，我們甚至不能相信它昨日曾經爆發過。但轉過濃綠的山腰，回頭一看，騰騰躍昇的可不正是火山口的沖煙？誰都不敢說現在或一小時後它不會醒來作一次狂濺！但一切又彷彿無比的平靜與祥和，一如火山口附近的一湖靜水，一如山谷下稻黃間霧靄裡入睡的山村。啊，為了給我們安心，一個沒有記憶和追不回歷史的絨帽的小丘，幽翠一身，在山腰上昇起。突然，我彷彿回到了法國中部的翠帽火山群，兩張幾乎完全相同的幻燈片重疊在一起，是同一個陶工留下的作品嗎？是相似的雨水與濕氣所催出來的「苔綠」？變化萬端的自然竟也逃不出「重覆」和「變調」？

五、構解解構中的夏威夷大島

重覆和變調也是火山的規律。要看火山翻騰的構解與解構之諸相及其重覆和變調之多姿，莫過於現在猶在生長變化的夏威夷大島。

自藍色太平洋昇起的這個大島，以開車計，一天可以橫越，兩天可以往返。但像這樣一個面積不能算太大的大島，島上竟有四、五種不同的氣象：有寸草不長的黑色岩岸，有林木濃密得不見天日的熱帶雨樹林，有乾燥的沙漠，有柔綠的牧原；一邊是豪雨，另一邊則苦熱；這邊乾涸，那邊潮濕；有滂沱的瀑布，有瀑布一瀉似的紅花，有天降煙花那樣婆娑滿樹的芒果、荔枝、咖啡紅豆，有漫山遍谷舞躍的野蘭花，有沈沈一片、岩漿去後熔岩化的黑樹林，有炭色奇岩環抱一灣一灣透明見底的清水，有受突出的亂石阻礙而躍飛半空的浪花……我們穿過大島彷彿是穿過大化創世的整個情節，依著火山醒睡有律的創造與製作。

如果此時你跟著我們走，從黑色的岩岸，走向裡面的風谷，你很快便被那拋散遍地大片大片的熔岩熔泥所吸引，被不同層次的色澤激發去想像，去印認不同時期流燒的痕跡。我們進入風谷的時候，在亂石間茸草嘶嘶的聲中，在半沙漠地帶植物蕭蕭的搖響裡，你將看見橫天一線斜入雲霄沒頂的巨大火山，神秘、壯麗、苛嚴；你看不見它的操作演化，但你知道它在不斷的構解解構的創造。此時，你會注意到，山腳下，前後左右，排立著大大小小的陶帽小火山，像高的孩子拉著矮的孩子，他們雖然大小有異，但個個都像同出於一個母親，長相都很相似，而且遙遙的相應著法國中部和阿蘇山的陶帽小火山。我們同樣想問，這些可是出自同一個陶工？

我們轉向東面的海邊，從海角彎過去，而突然，完美的一條虹正跨在海水和山雲之間，豪雨剛過，你將發現植物完全變了，才半個小時，現在是亞熱帶的植物，雞蛋花樹、芭蕉、林投和許多不知名的紅花樹。一種沈重的雨味瀰漫在空氣中。

海邊的路緩緩地把我們帶到半山高處，此時一片晴空，往山下望去，竟是一大片波動牧草的原野，斜伸十餘里，景像倒似美國西部的牧場。事實上，這一片偌大的牧野，確曾是重要的牧場，曾有牛群千萬在此漫蕩。

我們沿著柔綠的山脊走，走著，走著，穿過一些斷牆似的狹谷，穿過一些農田，一些小鎮。原是明亮的晴空，忽然沈黑起來，跟著是密集的驟雨，一陣迷茫，一陣清明，一陣迷茫，一陣清明。驟雨過後，是一片甘蔗田，是淋漓的大樹林，是苔草密發的河谷。河谷裡，這裡一片垂紅，那裡一面垂白，在潺潺的水聲中發散著異香。看著，聞著，我們已降落到海岸而發現每一個彎角都險奇，都呈現熔岩與海水相激後變化多端的雕塑。如此一層又一層地看火山流燒過程的千姿萬勢，在不知不覺間進入了州立的植物公園，樹的濃郁、花的多變，你將流連忘返，一種美花，在金紅藍紫間追求變化，雨樹散彩，蘭花散香，都是如此的濃烈亮麗，這是因為熔泥特別肥沃嗎？是初生的島嶼必有的原始林的豐盛嗎？

穿過了濃密的雨樹林，穿過了熔岩化的黑樹柱，你又突然發現，兩旁都是大王椰的馬路突然被切斷，是上個月的岩漿，是上星期的岩漿，是昨天的岩漿熔燒到這裡，把林木燒盡，把屋宇燒盡，把路的種種設施燒盡，如今凝結在斑馬線上。你抬頭一看，在不遠的地方，岩漿正在流入海中，岩漿正在煮海的滋滋聲中，在沖天的濃煙中製造新的海灣，製造新的海岸。

路斷不通，我們轉頭向火山公園上行。參天林木之後是松林，松林之後是矮矮的放紅的山花林，山花林後是疏落草木的黑土山坡，之後便是極目不盡的深岩熔泥斷連斷連的高原，發散著陣陣焦土的味道。這邊一個牌子說明是那一年的流燒，那邊又一個牌子說明另一年的流燒，年代越近，熔岩越見炭色炭質，完全不似石不似泥。依著焦味行進，不久硫磺煙疏落四起，我們終於站在一個大火山口的邊緣，好大好深的一個岩漿偶見沸動的坑。這時，你不用傾聽，因為你我已經站在火山的脈搏上。

也許，我們應該坐上直昇機，從高空俯視另一個已經缺堤的火山口，看那條巨大湧流的紅線。有一隻無形的大手，拿著一枝無形的大筆，霑著紅漿，在山間谷間舞動。劈山建山，劈谷建谷，解而構，構而解，依著流勢，依著大氣的律呂，隨物賦形，因形造物，一瀉千里地打破單調，打破固化，為人類不斷地提供形變和創新。

——一九九三年一月九日《中國時報・人間副刊》

穿過濃密的雨樹林……穿過……而突然發現馬路被凝結的岩漿切斷。（夏威夷大島，廖慈美攝）

雨中圓覺寺

離開時沒有雨，沒想到火車在進入北鎌倉之前，雨雲激速密集，一個明亮的早晨頓然變得沈黑凝重，由東京行車至此，一路上本來就是硬直陰暗的鋼鐵三合土建築接連不斷的城景，此時變得更醜陋了。一路上找不到一絲自然柔化的蹤跡。

在北鎌倉下車時，已是滂沱大雨。在站前買了一把雨傘，濺著泥漿和迎著擋不住的雨，轉向後站往圓覺寺的小徑。相去不過數丈之距，竟有如此不同的景色；大樹林深，淋漓中樹影閃爍，沈黑中透出一種明亮以外的誘惑。也許是雨把其他的遊客逐走了，把整個圓覺寺留給我們的關係，我們彷彿一下子走入了唐代。

穿過園門，眼前一座古拙的空亭，黑瓦雙斜，隱約見苔綠，木柱剝落，但簡單雄壯，四面皆空，我們坐在中央，聽完美的唐朝的靜，除了簷前滴雨的樂音，彷彿四周的樹木、竹林、叢花都在垂聽。禪房烟木，站在唐朝簡單俐落的斗拱下，因為原木不著彩，只有時間染化的色澤，因為不是庸俗的紅牆綠瓦，而是沈實的炭黑色，不但覺得木古，廟古，連靜也是古的，幽雅的，不，不是雅，而是幽玄、玄遠，是空，是滿，是空的滿。

來一聲寒山寺的鐘聲吧。沒有鐘聲。但雨鳴山更幽，那種靜似乎更佳。樹深時見鹿，溪午不聞鐘的境界大致如此。我說空而滿，是道家所說的少則得、窪則盈。甚至這靜，也幾近於大音希聲。我一面凝聽，一面沈思。為什麼我今天會有這種感覺呢？是谷寬廟不密，疏落的建築和曲折而又開展的空間把靜空間化嗎？是沈黑的雨和垂聽的建築使我轉向一種內聽，聽我們往常無法聽到的一種靜嗎？是一種深藏了數百年的文化的記憶突然得到解放？

不必去追問。依著層層曲折的布置行進，依著瓣瓣展張的靜遊步，忘記雨，忘記滿身淋漓的沈重，向南向北，向變化的幽玄，由一列玄機每變的石觀音，一百尊石觀音，一百種神態，靜靜地引我們前行，過方丈居所，入枯石花園，一池一石一樹，都是藝術的安排，都是心靈的微細的轉生。到最裡處，雨更大，池水更滿。雖是日間，也覺夜雨秋塘深那種玄遠。好一個臨濟宗的圓覺寺！乾淨、俐落、空靈……

遊步……向變化的幽玄，由一列玄機每變的石觀音，一百尊石觀音，一百種神態，靜靜地引我們前行。（葉灼攝）

我走出圓覺寺的時候，心中有一種愁傷。這種乾淨、俐落、空靈，為什麼中國一下子就把它丟掉了呢？中國的廟宇為什麼會變得如此密實而不空、俗麗而不幽玄呢？我心中有一種愁傷。

——一九九二年八月六日《聯合報・聯合副刊》

東京物語

一、一種偶遇？

是一種巧合？是一種偶然？

在飛往日本的飛機上，出現了一種乾淨、禮貌、有教養的氣氛，如低語交談，不作「隔岸」對叫的高談闊論，對公私空間，有分寸的尊重，機上的服務員，也是細聲笑語，舉止貼切。

這不是說「日本人」不凶悍，也不是說他們在商戰上不殘酷；但是，有些地方確實表現出他們的文雅細心。秋天來了，就奉上「秋點」。其實，點心也不是名點，茶也並非名茶，一客「秋點」，滿紙一片秋色。這，也並非說是藝術，而是說，他們在這一瞬間表示尊重對方的一種細緻的用心，一種「注意」的藝術，不像某一中國航空公司那樣，把餐點狠狠的丟在機位前，好像乘客欠了她一身債似的，一副晚娘的面孔。

也許這只是一種巧合，我這次旅途上的「偶遇」？

機上放的竟不是血淋淋的大屠殺的電影或煽情的接近「兒童不宜」的電影，而是用相當敏銳的鏡頭活動介紹典雅的文物：四國、秋田的風景，傳統的節慶，美的建築、藝術……

也許這只是一種巧合，一種偶然。

二、也許這不是一種偶然

說臺北大，怎可與東京比擬！比人潮，只新宿一站每天吞吐的人次，早晚各兩百萬，就夠瞧的了。人多車多自然會塞，塞起來進度很慢。但我的印象是，雖然慢但秩序井然，很少跨線與亂超車。井然，也許是甚少機車之故。不亂跨線與不亂超車，卻是與教養有關。坐到計程車上，沒有惡形惡狀的臉孔，沒有震耳欲聾強逼你聽的低級對話、黃色笑話及所謂「音樂」，計程車內外都一片潔淨，音樂低低的，司機梳洗光亮，帶白手套，溫文有禮；當然也就沒有箭吐檳榔渣、口水、鼻涕那種令人感到恥為同族的現象。最令人驚異的是，以東京人口之稠密，

「族」群之複雜，竟然看不見一處鐵窗。沒有鐵窗意味著盜竊行為並不嚴重？意味著住民有足夠的安全感？意味著犯罪率低？意味著執法守法的成功？確實難以令人相信。或者意味著一般道德力之普及和心智之成熟？確實難以令人相信。但證據在前。我們起碼應該反思一下，曾經「文化過」日本的「文化大國」，是不是覺得有些羞恥呢？

三、大城裡的村莊

從住處走出來，都是彎彎曲曲的小巷子。巷子狹小，只能容小包車單行通過；車來時，行人要貼邊靠。房子大部分都是一層樓的，偶有新建二層樓的。到底曾經是古城，仍見簷瓦屋頂，仍具以前木房子的形構。但每間都很小，沒有所謂前院，如果有，也只有走道寬可以放一二腳踏車大的空間而已。為了調劑枯燥單調，總有一二株樹由狹院伸出來。偶有寬廣些而具花園格局的，但不多見。這時候是秋天，疏落可見擠壓中伸長的柿子樹今已纍纍垂紅，頗為好看。這樣由彎彎曲曲小巷形成的一片住宅區，極其安靜，與巷外四面車輛頻繁的大道隔絕。巷內雖有行車，但不多。我前後左右轉來轉去半個小時，只見到六七部車子而已。這樣劃出來的一個丁目（區域）在個性上很像一個小村莊。譬如丁目內住宅的號碼，真是形同虛設，因為它們不是按次排列的，而往往是依建築的先後而定。據說只有丁目裡派出所的警察和派信的郵差才知道那一戶人家在那裡。丁目裡有商店街，彷似村子裡的市場，有雜貨店、肉店、米店、自製豆腐店、醫生、學校、小公園，當然還有種種料理店：家庭料理、居酒屋、一品料理、板前料理、中國料理、拉麵、蕎麥屋（麵店），和無所不在的二十四小時都開的友誼商店。可以說是一個自身具足的鄉鎮。

等到我走出住宅區上了大街，不但路面大，而且整個空間感都不一樣。在丁目裡的房子，完全是擠壓式，每間不過六疊大，住一家人，包括廚房在。很多房子往往沒有洗澡間，一家大小要走到附近的澡堂洗澡。而現在城中心的大道上，大廈矗天林立，是最新型最現代化的建築，裡面不但一切電器化，同時具有一切「方便」的現代設備。這些插天的大廈，高高地凌駕在這些「村落」之上，俯瞰著它們，指揮著，控制著它們的命運。我忽然想起艾當諾和霍克海默在四十年前出版的《啟蒙運動的辯證》裡說的一段話：

在宰制的國家裡，那些工業管理的建築和展示中心，都帶著極強的裝飾性，各地都極其相似，如雨後春筍，到處升起金光閃耀的巨樓，是對國際利害關係作精密計畫的一種外在符號。環繞著巨樓的是迅速亂生的企業系統，代表這個系統的一些標誌，是污黑的、沒有生命的城市中一些陰暗的屋宇和商店。就在現在，三合土的城市外圍一些較古老的房子，看來卻像貧民窟，而城外新建的平房，和博覽會單薄的建築一樣，是對技術進步的一種頌贊，但含藏在兩者間有一種要求，卻是要他們像食物罐頭那樣，用完便廢棄。原來城市房屋計畫是要使每個個人，作為一個獨立個體，在狹小而衛生的小房子裡得到體現，結果卻使他向他的敵人——資本主義的絕對權威——屈服。

古老的房子，在一些舊的丁目裡，似乎還保持著一種固執與驕橫，抗拒著「用完便廢棄」的文化工業的蠶食。但，一個深邃的聲音從意識的底層湧出來，隱約地說東京大部分都已經向經濟的王權屈服……

大都會與「村落」的關係，也許更接近江戶時代山の手與下町的關係。

四、山の手與下町

在封建時代的江戶，大的莊園、寺廟都在西邊和南邊，即所謂山の手區，王公侯爵，依名列位，依位定權責，依位行禮儀，代表了統治階級，代表了經濟結構供求二軸的「求」面。「供」面是：必須有人供奉魚肉，必須有人整理莊園，必須有人編織疊墊，必須有人娛樂官人。布衣從江戶外四面八方湧入來侍奉江戶的貴族。他們被分配的住處在低窪地帶，沿著狹窄的街巷或死角區堆疊著矮小的房子，那就是下町，匍匐在高高的城堡下面：熱鬧、嘈吵的是市場，木材場，種種的工場，木刻印工，和服製造所，錢莊，風呂場，歌舞伎，和燈紅酒綠的青樓。

可以這樣說，現代的下町的風采和氣氛不改當年，而現代的山の手區則仍然由大公園、大酒店、大公司佔有。當年的江戶和現在的東京，在空間的配置上不但逼似，而主奴的關係上隱約猶存，只是現在的大商社和上班族之間的主奴關係，變得較隱密微妙而已，現代的公務員，當然不必為將軍自殺（據說還會發生），但，像高矗的金光閃耀的巨廈指揮著擠壓的「村落」那樣，還是一種宰制與屈從。

五、銀座雨中的傘族

「發光的不盡是金子！」
「發光的全是金子！」
「發光！」「金子！」
發光的雨！
金子的雨！

一河的黑傘頂，推推擁擁，
　　密密麻麻，流過去
流入地下駅入口

流出地下駅出口
推推擁擁
一河的黑傘頂，無盡地流過去
發光的雨，以隨著一河掃射的車
　燈舞動
金子的雨，因著一河掃射的車
　燈濺起
對面
另一河的黑傘頂，推推擁擁，
密密麻麻，流過來
流入另一個地下駅入口
流出另一個地下駅出口
推推擁擁

另一河的黑傘頂，無盡地流過來

六、百貨千貨萬貨的大世界

一間日本的百貨公司本身就是一個大世界——一個大世界，或者應該說，一個大宇宙的縮影，起碼其孕構的目的，在求包孕全世界各行各業所有想像內的事物，百貨，千貨，萬貨，萬萬貨！日本人是生意的鬼才！任何艱辛困苦的生活情狀，所有擠壓房子裡有用無用的空間，百種，千種，萬種，萬萬種的生活需要，治奇難雜症那樣，提供一個比一個出奇的設計與發明，令人驚服！譬如池袋的西武吧，說是一個大宇宙，是說它當今天下所見的成品，彷佛全都囊括在屋頂下，密密麻麻地塞滿了十五層大樓，彷佛是流行衣物、食品、器皿……的大博物館，如此之大，要幾十天，幾十個月，幾十年，才可以認識這樣一個空間的每一個角落。怪怪，這不正是後現代的「超空間」嗎？由多國巨金全球經濟體系創造，一個磁場中心，吸收著全世界的融資，彷佛要告訴你，無缺失的幸福終於來到：擁抱閃爍的商品就是擁抱夢寐的天堂！

七、自然的故事

自然
從長長的睡眠
瞿然醒來
而驚覺
滿身爬著
鋼鐵的繩索
把她橫的直的
割切一身的傷痕
而下體
隱隱作痛的
竟是禁不住的

（她好羞慚啊！）
帶著淤血的排泄
而頭上
肩上
乳上
腰間
都架疊起
萬噸重的
圓睛突目的
三合土的巨獸
這只是一場夢吧
自然安慰著自己
這只是一場夢吧

但腹中一陣抽痛
下體一河的血
半昏迷中
她第一次聽到的
竟是尖利裂耳的
初生者的叫聲
好陌生啊
好怖人啊
她凝神閉目
她禱告
那最好不是
她親生的骨肉

八、擬象文化

法人布希亞在其《消費社會》一書中談到「物以制人」的文化。人們在一種肥滿和安逸中，產生一種被調整過的反射作用，一種內在化的固定反應來回應由商品構成的符號——形象、色澤、音樂和商品化的手勢。潛藏其間的是一種「合理化」的癲狂。「我們不是像過去一樣被其他的人包圍，而是被物品。」在商品化主導的社會裡，消費者無法真正認知他們自己的需要。他們買許多商品，不是因為實際知道商品的真質，而是通過一種「擬象」的誘導。他們買，是因為別人擁有了，而擁有了代表某種價值階層；他們買，因為代表原物的意象，以魔術似的幻力，在電視裡反覆出現，而深深地由「印」象漸漸變為一種迷惑。他們買的只是一個「擬象」。商品如香水、肥皂、酒、香煙、汽車，無不先以「比真象還真的」幻象打動消費者的「物慾」。在日本，這種「物慾工業」手段之高超神妙，實非世界任何國家可以比擬。聽覺、視覺、味覺、嗅覺、觸覺離幻藝術之製造，使到消費者明明知道是假是幻，仍然甘心受騙地向著那閃爍、光華四射的幻神跪拜。

多少年來，年輕的消費者、雅痞、老年人，真是扶老攜幼，從世界各地，朝著天邊的一顆星，朝著他們心中眩目的種種幻象，趕到東京來追尋某種CD，最新型、效果效用據說是最好的音響，錄影照相機，電腦，和新玩兒、新發明……

彷彿完全是為了完成這個尋夢的過程。世界上最大的「擬象」的聲光秀(Sound and Light Show) 於焉產生——那就是秋原區的電器城（多大的諷刺啊，秋原上的聲光秀！）一街一街的電器大廈，五層六層七層八層，一街兩街三街四街……連綿不絕，覆壓數里的漫迴，五色閃光爭戰，八音震天追逐，色追著光光追著聲聲追著人人追著光追著色追著聲，跟著升降梯層層高昇，跟著升降梯層層下來，被向你一直作出挑逗的姿態的電視機包圍著，被把空間移動把空氣渦旋的身歷聲心歷聲神歷聲所包圍著，被你從未想像過的空間圖解和空間感的擬造的電腦化電子化設施包圍著，要你著魔，把你降伏，隨著聲光昇降，隨著價目馳行，一街一街的夢遊，一戶一戶的跪拜，由早上到晚上晚上到子夜……

被物包圍被物宰制其實在整個東京的每一個角落發生，三越、松坂屋、伊勢丹、西武、東急……銀座的地下城、新宿的東區、原宿的平價市場，東京式的「香榭大道」……。但滲透最深最廣的「擬象」，無疑是無所不在的塑膠食物見本，大大小小的料理店、咖啡廳、酒屋的櫥窗，滿街滿巷出站入站舉目皆是。色澤是那樣鮮明，沒有一樣看來不可口，而實際的品質和味道往往與「擬象」所發散出來的幻味有極大距離。大家明明知道這個「擬象」的虛假，在日常的生活中，由於無法逃避的三餐，由於「飢餓」的呼喚，往往還是會落入這些塑膠食物見本的陷阱，任由「擬象」的色澤挑引。你如果不信，不妨到淺草區附近的河童橋街，這是一條專賣餐廳器皿用品的大街，那裡就有數十間塑膠食物見本專賣店，真是琳琅滿目，「味」不勝收：這邊一排中華料理，蝦仁炒飯、三絲燴伊麵、芥蘭炒牛肉……那邊是日本料理，すき燒、天婦羅、ちらし壽司、刺身……中間是洋食，神戶牛排、義大利麵……。每樣不但神似，好像比我們見過的實物還要好吃的樣子，永遠新鮮，永遠剛出爐，令人垂涎三尺。據說，美國一個前衛藝術家來到一看，大為驚異，大為激賞，因為他說，這不正是美國當年驚世駭俗的普普藝術嗎?這裡的效果比當年的熱狗「雕塑」好得太多了。據說他一口氣買了一批回去，權充普普藝術。如果這確是普普藝術，則日本太前衛了，因為有一說，這些東西的雛型，明治時代便有了……

也許受了「食物」發出來的光澤的感染，我們忽然腹如雷鳴，肚子餓起來了，便匆匆去找食的去。可見「擬象」的魅力。

在電器城與塑膠食物之間，我不知怎的忽然想起The Wizard of Oz 這個故事來。那個找不到路回家的女孩子，在經過千萬種困難後，來到那巫師的堡裡，但見神像又閃電又噴煙噴火，給來者種種恐嚇。這一個凡人無法洞知的神通廣大的神秘存在，一直在宰制著全城的人和這個女孩子的命運——有家歸不得。但每天用兩百多個出口，不知有多少條縱橫的地道，旋轉門似的吞吐兩百多萬人的新宿，每天數分鐘便開出開進一箱箱「物」人的火車，縱橫交錯地吞吐著千千萬萬「物」人的東京站和上野站，湧過來湧過去，或者應該說，推進來推出來，不自主地，或無自覺地，像貨物那樣被塞入車箱，又像貨物那樣傾倒出來，那樣密密麻麻的車次的運作，在某間神秘的高樓上的某一個房間內，是不是也有一個巫師，一個萬能的電腦，像用線指揮著傀儡那樣，左右著人們生命世界的活動方向與空間？

Oz 故事是這樣結束的：因著一點意外，女孩子的同伴（也是受難者之一），忽然觸到一個機關，而發現到這個閃電噴煙噴火來勢凶凶的大神原來是個「假象」，由後面一個「科學家」

按鈕操縱，從頭到尾是一個騙人的勾當。現代超級大城的操作，可以說是最大的「擬象」，但和巫師所用的手段最大不同的是：巫師用威脅使人就範。現代的「巫師」，不但不現身，也不作任何恐嚇，而是輕輕點逗著人們的物慾，培養它，馴化它，美化它，使它發出種種「幸福即在眼前」的福音，聽來又甜又舒服。幸福就是擁有大量的商品，快樂、豐足、成功、摩登，一種無可抗拒的魔力，由是，人便沈醉在閃閃生光的巨大的「擬象」裡，一街一街的夢遊，一站一站的跪拜，永遠醒不過來。

——一九九二年一月三日《中國時報・人間副刊》

新幹線上

新幹線依著計劃
一秒不差地超速飛馳
農夫們依著
稻綠
稻黃
去忙碌
去製造生活
和被生活製造
自由自在的

溪澗河流
突然被切斷、改道
説是為了工業上的需要
斷而或續
續而復斷
斷而死亡
唯有醒睡有律的火山
仍舊我行我素
劈山建山
燒岩煮海
把誰都不放在眼內
而那些善於細心蟻築
善於穿山跨海

善於鑽海翻山的日本人
那些天不怕地不怕
曾經「神風」一時
曾經置大半個亞洲於血死的日本人
也不敢違背自然偉大的操作
去擋火山騰騰而行的流路
火山就是火山
醒睡有律
構解解構有度
所謂破天補天
只是強蠻傲慢編織的神話

——一九九二年九月十九日

布農堡因緣

——龐德、瑪莉和我

楔子

布農堡(Brunnenburg)是我二十多年前寫《龐德國泰集》(*Ezra Pound,s Cathay*)時便知道的一個名字，那時幫我找龐德譯中國詩時所用藍本梵諾羅莎筆記原稿的肯納(Hugh Kenner)教授，從那裡寄給我一些資料，包括〈詩章四十九〉(所謂〈七湖詩章〉)所源的日人模倣的「瀟湘八景」照片及畫中漢詩的草稿。但在當時，布農堡在我心中只是一個地方的名字。我只知道這是龐德晚年成詩的居所，其他也就沒有去追問。正如現在的堡主，龐德的女兒瑪莉・德・勒克維茲公主(Princess Mary de Rachewiltz)，她的名字，也曾在龐德傳中略過，沒有著意去尋索她傳奇性的一生。

沒想到，在二十多年後去年（一九九三）的夏天，一種奇妙的緣分把我們帶到布農堡，驚奇地看到它在義大利阿爾卑斯山上童話般的展現。在義大利短短的逗留期內，好客的女主人邀我們到她的城堡裡相聚了兩次，我和慈美第一次拜訪後回到米蘭，她在電話裡知道我女兒蓁跟著來了，又催促我們帶她去。我們在布農堡住了好幾天。瑪莉不但熱烈招待，我也有機會在龐德用過的典籍的書香裡回味詩人龍騰虎折的一生，而且激起我，在嫩綠垂天的阿爾卑斯山的大寂大美中，去尋索勒克維茲公主的傳奇。

Rapallo Rapallo

去年夏天，原來沒有打算到義大利的。我們一心在準備九月間與洛夫夫婦作三峽的壯遊。三月間，一個偶然的機會，見到我早年同學、龐德專家，維坦麥耶。他劈頭第一句話是：「你今年參不參加在勒柏羅(Rapallo) 開的龐德研討會？」我自《龐德國泰集》之後，雖然仍然教龐德，但大部分時間已轉向中國美學和比較詩學，甚少做龐德的專著了；但，Rapallo Rapallo，好令人嚮往的一個地方！Rapallo 是地中海義大利海岸最美麗的山城之一，龐德以外，不知有多少作家醉心此城。羅倫斯、葉慈……。Rapallo Rapallo

在岩石的温和裡
　斷崖綠色灰色遠遠
近近，是琥珀的門崖
海浪
　綠色的清、藍色的清
洞穴鹽白紫明
　肌冰玉潤啊
　那海磨的岩石……（〈詩章十七〉）

風吹過橄欖林拂過整齊的毛茸

在岩石的鋒邊
水流著，松香的風
太陽包裹的稻草……
你將因為這個地方的氣味而快樂
你將永遠不會怠倦……〈詩章二十〉

這，我們怎好放過，更何況這裡是龐德詩創作和文化活動最長久的兩個城市之一（另一個城市是威尼斯）。他在這裡寫詩、作曲、辦音樂會，與名小提琴手情人奧珈(Olga Rudge)鼓吹復興韋瓦第(Vivaldi)的音樂。他在這裡龍騰（寫了不少重要的〈詩章〉），也在這裡虎折（因替墨索里尼廣播而成為「籠中的虎豹」）。Rapallo，我們怎好放過。就這樣，我匆匆參加，用最短的時間把文章寫好——論日倣「瀟湘八景」與龐德〈詩章四十九〉之間的一些詭奇的變數——便起程去Rapallo。

藍寶石的水光把霧點亮

從半山的旅館的窗子看出去，透過窗前的天竺葵花，勒柏羅灣，此時，有一種無比的平靜，一線輕輕的霧橫浮在海灣的左臂上，若隱若現的是晶白和淡紅粉彩的牆壁襯著一股成熟女子那樣的紅瓦，好澄明的空氣！好安詳的幾點小舟！突然，藍寶石的水光彷彿躍起把霧的浮絲點亮，這藍寶石水光點亮的霧絲的浮行，可就是龐德，在類似現在的一個早晨，從陽臺看出去，所看到女神戴安娜輕足的移動與穿行？遠海無聲的搖櫓，啊，遠古遠海無聲的揮戟，多像另一個瞬間，盲目目盲的荷馬，頌唱「船艦的毀壞者城市的毀壞者」海倫的悲涼的故事。或另一個瞬間，龐德思索他自己的漂流如奧德賽，從「未開化的」艾達荷州，穿過喧騰滴血的倫敦，來到這個安詳文雅的海灣，夢想著早已消失的國度、社會、社團……

緣分

會是在勒柏羅的市政府內開幕，這是一度龐德與長期活躍在歐洲的美國小提琴家奧珈開音樂會的場所。循例，先由市長致開幕辭，然後由主辦人講一些龐德與勒柏羅的關係。跟著他們請龐德女兒瑪莉・德・勒克維茲公主講她有關龐德在勒市創作活動的回憶。這是我第一次看見瑪莉，已經六十多歲了，好挺拔的站姿！好親近的言語！話不多，點到為止，態度謙遜，一點「公主」的架子都沒有。其後，再由一個年輕的小提琴手，演奏她母親奧珈的曲子。龐德、奧珈、瑪莉，我都在傳記中讀到，但因為我當時集中研究龐德譯中國詩的問題，我完全沒有作進一步的追索。

在酒會的時候，我跟著大夥人上前和瑪莉打招呼。出乎我意料之外，她搶先的說：「沒想到今天在這裡見到你！《龐德國泰集》，已經是二十四年前的書了！真高興見到你！」這應該是我對她說的話，沒想到由她對我說。我有些措手不及，不知如何回答。她向我解釋，因為她曾把《國泰集》譯成義大利文出版，我的書是第一本專論《國泰集》的，所以她記得。跟著她邀慈美和我到布農堡小住，好好談談。我們有些心動，但沒有馬上答應。來勒柏羅，是要歷驗龐德過去的情節，沒想到因著瑪莉的出現，我重新燃起了繼續探索龐德的興趣。

第二天，我透過幻燈片，講龐德如何在中國詩和日倣「瀟湘八景」之間，不知不覺觸及了道家的精神——他因為尊儒而在其他地方曾盲目地低貶的道家精神；從這個矛盾，我又談他整個「但丁式」的追望中豐富而又矛盾的情結。瑪莉在那裡細心地聽著。我一下臺來，她便說：那你更應該到布農堡來看《七湖畫冊》（即日倣「瀟湘八景」）的真本了。這麼一來，我們就不再遲疑了。

萬種綠柔中的古堡

在我們駛近般洛那山隘(Brenner Pass)的時候，河谷愈狹，山勢愈高，高拔入雲入天，雲紗帶著萬種綠，萬種綠的萬種柔中千種剛勁的山石升騰，而往往在險隘處，一座一座的城堡——無人的破落的城堡，殺氣騰騰的城堡，凜凜然欲鎮住一切邪惡的城堡……灑落在不同的山谷裡。

穿過寶山諾(Bolzano)向美蘭諾(Merano)；萬種綠的萬種柔中是蜿蜒的小路，是船桅似的教堂的尖塔，是尖塔下掛滿了天竺葵花黑色木柱木架的德、奧式村莊，一間比一間鬥花繁、鬥色麗、鬥門雕與招牌的多變、鬥山形牆之多姿。好奇怪的感覺，提洛爾(Tirol)鎮在義大利的國土內，我們卻彷彿穿行在另一個國家民族裡，一切都是德、奧的面貌，房屋是德、奧的房屋，招牌上寫的是德語，商店賣的是德、奧產品，餐廳供應的是德國的香腸……

萬綠中的萬種柔，每一個方向的仰望都是嫩綠垂天的草氈，好大幅好大幅的牧草，藍綠、灰綠、霧綠，帶著黃花，帶著白花，披著氤氳，披著雲絲霧線，像撒網、像瀑布傾瀉，從天際流下。在萬千的垂綠裡，我們開始尋找布農堡。

曲折迴環尋了好久都找不到入處。終於，一條狹窄難行的小徑突然開出一個壯闊的葡萄纍纍蘋果纍纍水梨纍纍的深谷。看！騰展在半山半空由山腰一塊巨石支撐著的，好俊美秀麗的一個城堡！細緻、精巧、和諧地溶入層層變化的綠色裡。同是石築，與以前見過的城堡竟如此的不同。沒有法國某些城堡的揮霍，沒有德國某些城堡的暴戾。布農堡雖然沒有童話中的藍塔紅塔白塔那樣多彩，卻具有童話般的魅力，令人想像逸飛的魅力。

我們從高處沿狹徑駛入布農堡，把車子停在綠玉吊墜的葡萄架下。此時瑪莉已經從城堡樓頭走下來迎接，一面說：辛苦了，一面開始介紹她的城堡。底層及地窖，現在是提洛爾農業文化的博物館：耕具、風鼓、米舂、酒壓……。轉過大松樹，第一層，一個房間是埃及文物的收

層層變化的綠色裡，布農堡具有童話般的魅力。（廖慈美攝）

藏和龐德與奧珈的紀念物，包括他們的面具和名雕塑家Gaudier-Brzeska 替龐德做的塑像，都是以前在照片上看過的，現在親見，難免有一番興奮。另一個房間是供學者學生們研究龐德的圖書館，包括一些絕版書和手跡，都是非常珍貴的材料。

然後我們沿著旋梯的塔樓攀登，先把我們安頓在仰視群峰俯瞰谷城的大房間裡。但我們還未歇腳，瑪莉急著要我們再上一層樓，給我引見她天天侍奉在側年事已九十三行動不便的奧珈。奧珈！沒想到我們還會見到與龐德赫赫一時的名女子！真是浪淘盡，千古風流人物！奧珈的絕麗已經蕩然無存。但仔細看，乾皺裡美的臉蛋兒隱約猶在。她的聲音仍然有力，語句典雅。她熱烈地向慈美敘述她和龐德的往事，可惜敘述已經支離破碎，不斷的重複而不自知。時間、年齡就是那樣的無情。之後，瑪莉要帶我們到她的睡房，原來她的睡房是滿架滿架的龐德自用的書籍，論龐德的專著，龐德的畫像，他收藏的畫。一整櫃的中國典籍：《四書》、《禮記》、《書經》、《二十五史》……還包括一本專論納西族神話和禮儀的書（龐德晚年的詩多出自此。）

我們和瑪莉話無阻隔，恐怕不只是因為龐德的關係，而是瑪莉這個人謙遜好學、隨和、平民化、好客。在我們逗留的期間，她上街買菜，為我們親自下廚；她種菜，整理花園。她以前還造酒。其次，她每天定時為奧珈準備下午茶……。一個非常實在、甚至非常「中國」的女子。這次在勒柏羅開會，她每一場都去聽。我那時一直這樣想：龐德的《詩章》的來龍去脈，她都滾瓜爛熟，瞭如指掌；她聽到有一些揣測，必然有許多不同意的地方，但她只是謙遜地聆聽，靜靜的，很有耐心地聽而未發一語。這些，都是我和慈美敬愛她的地方。她和我們是初見，卻有說不出的熟識的感覺，她對我們親切無比，這，不能不說是一種奇妙的因緣。

她大概覺得我從這麼遙遠的地方來，總不能空手回去，所以特別把龐德的中國櫃打開，希望我能滿載而歸。她當然沒有忘記《七湖畫冊》。其實她早已拿出來，攤開在桌上，等我來印證。她的好意，我是非常感激，當然也想用最短的時間吞下這一切一切的資料，但此刻，我更被布農堡窗外自然的活動所吸引：

古堡大寂

當訪客的眼睛

在二十年後
落在窗前的
七湖畫冊的時候
窗外矗天入雲的提洛爾諸峰
不斷地傾倒著
半透明的薄霧
掩映著永久的翠綠
掩映著永久的寂止
給人著迷的一種靜
給人長途跋涉後肌膚舒泰的一種靜
他心神游離
無心於眼前的湖景
無心於咄咄逼人的典籍

山川為空氣著色
神馳，安寧，無需定規
神馳，靜謐，自然歸位
卡佛康提、但丁、尤里西斯
目盲啊目盲的荷馬
船艦的毀壞者城市的毀壞者海倫
斯德、孔夫子、亞當斯……
都彷佛已隱入
霧瀑之外
不急著
善解人意的瑪莉説
鼓勵他緩緩走向塔樓外
輝煌燦麗的空寂

在環山垂天大袖的擁抱中
輝煌燦麗的空寂的音樂
若有若無
若隱若現
自微氤入睡的谷城中升起
緩緩地
梳著梯田的葡萄園
凝混著酒香的水果樹
一種音樂
一種空間
一個世界
大於提洛爾山區的世界
屬於希臘的

地中海的世界
有一瞬間
甚至是屬於中國的世界
當一群白鳥
橫展雙翼
無聲地
從提洛爾城堡
滑翔而下
無聲地
不為什麼目的地
滑向谷底
順著風
升起

迴旋
轉翼
再升起
向谷頂升翔
滑升滑升
在山峰上
在山峰外
一片白的翅翼
熠熠熠熠在一角剩下的藍天
再滑翔而下
過城堡
過塔樓的窗前
神馳，安寧，無需定規

神馳，靜謐，一切自然歸位

滂沱夜雨

晚飯後，躺在偌大的床上，看著城堡窗外遠遠的微光和隱約可見的山形，一種古代的感覺升起。我們翻閱床頭的一些書，關於提洛爾古代的文化，關於奧珈的音樂生涯以及她和龐德的愛情，他們並肩的奮鬥……突然，城堡的木窗砰砰作響，外面微光盡去，我們彷彿吊在半空的黑暗裡，目睹創世的一場大劫，一場天變：

不見邊緣的
巨大的沈黑裡
電光
　　出擊
自天穹劈下

從淵底濺起
要把群峰的巍峨
炸破、撕裂、燒熔……
翻騰的風
霍霍的呼吸
由北極的山谷
到南極的山谷
鑽鑽鑽鑽
響徹雲霄不絕
雨聲雷聲
一排的箭陣
又一排的箭陣
不分南北西東

踏踢著山壁屋脊奔馳
把市民的驚惶鎮住
把嬰孩的啼哭鎮住
全城瘖默
在等待
滂沱過後
一個全新的盆谷
一組全新的環抱的迴峰
一個全新的提洛爾的誕生

被晨光濺醒

鳥聲
淺織密織淺織密織

從谷底如浪湧升
陽光
透霧透雲透殘月
突破天峰背面迅速踏著紅瓦的屋頂飛來
提洛爾的早晨就這樣
把城堡的窗子打開
把暗石的住房亮起
把夏涼不覺曉的睡客
濺醒
在教堂的鐘聲迴盪之前
在酒香馳風穿窗而入之前
在谷城的機器聲軋耳之前
在淙淙宛轉的河水把奧德瑞的車群從谷外帶來之前

醒來，夜來風雨聲是這樣的遙遠，花落？果落？我們沒有去追問。我們急著走出城堡去，在山的裙帶馳行，去呼吸山的氣息，去讓嫩綠染我們一身的青翠，然後沿羊腸小徑，上更高的峰頂，看霧來霧往，看雲掃足而過，看一束一束的薄雪草在雲前舞躍，看對峰的綠意作更新的傾瀉……

沿著山的裙帶環行，依著高山野花多變花色多姿的挑逗，行行止止，有看不盡的景變，攝不盡的鏡頭。環山旋看，布農堡獨立柱石上，每看不同，每一個角度有每一個角度的迷人處，搶盡了凌駕其上的提洛爾城堡的顏色。布農堡沒有掛滿天竺葵花，卻比掛滿了天竺葵花的旅舍、酒店、餐廳更為突出。我們在歐洲旅行十數次，看過的城堡近百，就沒有一個比布農堡嫵媚。是因為我們曾經做過一夜的主人嗎？還是因為它展現空間的洒脫？或者兩者都是。

沿著山的裙帶環行，依著遠谷教堂鐘聲的挑逗，我們在山的摺痕裡穿行，欣賞，沈思。在更多種類的野花和高山植物間，作瞬間記憶的飛躍，這些這些，在過去什麼的行程裡，我們彷彿曾經相遇過，初識舊識，竟有瞬間的重疊，新鮮而又熟識，也許初識舊識，都發散著相似的生動的氣韻，發散著也發自我們身上的生長和生機。坐在七千尺高山的一間咖啡廳裡，品味著咖啡的香，看萬餘里氤氳中的綠戲，我們如是想著。我們如是想著。

公主的傳奇

瑪莉確是一個公主，自從那年下嫁俄國王族後裔德・勒維茲氏以後，自從他們在一九四八年把十三世紀遺下來的殘堡買下來重建而成為堡的主人以後。瑪莉並不喜歡人家稱她為公主，雖然這次會場上，主持人仍以「公主」「陛下」稱之。我和慈美還是直呼其名，她喜歡那種親切感。或說，她是龐德的女兒，她當然是美國人了，美國人為了不隔，常常直呼其名。瑪莉是這樣成長的美國人嗎？其實她更加是提洛爾人，她的牙牙學語就是提洛爾（那時是奧國的領土）的一種土語，她上小學時講的是德語，到了中學寄宿在翡冷翠的一所私校才開始學義大利文，至於英文，一直是一知半解和支離破碎，直到龐德決定由自己來教才有轉機，有一個時期，一天念一篇名著，每晚必朗誦及講解他的《詩章》。龐德一心要把瑪莉教成一個文學通，要把她變成一個詩人和翻譯家，像他自己一樣。瑪莉的英文全是龐德教的，所以她的自傳的題目是：「父親老師」。至於美國，她雖曾回去過，但沒有長期居住過。

瑪莉的成長其實充滿了辛酸和痛苦的記憶，尤其是在第二次世界大戰期間，及戰後龐德被判關在聖伊利沙白醫院的十年前後。這裡我只想記寫她與龐德和奧珈的一些情節。

龐德與奧珈在巴黎時便相識，奧珈常常演奏龐德作的曲子，到了勒柏羅，因為共同推動音樂文化，過從更密而生情愫，終於在一九二五年七月生下了瑪莉。但當時的情形，夫人陶樂賽(Dorothy) 不但從認識到結合一直是龐德最忠心最大力的支持者，而且是極受人尊重的文化人，這個結晶怎可以公開呢。瑪莉生下來的時候，剛巧醫院裡一位蓋爾斯村(Gais) 的農婦分娩時嬰孩死去，她同意領養瑪莉。瑪莉就是由這位農婦在蓋村把她養大的。瑪莉一直把這位農婦看作親母，雖然龐德和奧珈每年總會來看她，但，甚至後來她知道了身世，在感情上，她始終無法親近奧珈；事實上，好幾次和奧珈有了衝突，或遇到什麼困難，她都會回到這位養母的家，因為這是她心靈的支柱。

小時候的瑪莉，是一個不折不扣的農家女。她會耕作，做過牧羊女（這方面她有不少美好的記憶），也和養父一起趕集賣豬去。

龐德出身於美國的艾德荷州，對於農家還是有一些草根的感情，所以去看瑪莉時，氣氛、感情都融洽。奧珈是屬於所謂上流社會的淑女。她為她的演奏忙，很少把心事放在瑪莉的身上，一直沒有什麼深刻的愛和關懷的流露，起碼在瑪莉的記載中，沒有什麼動情的描寫。到了瑪莉稍大的時候，奧珈覺得瑪莉如此下去，將是一個土頭土腦的鄉下姑娘，要龐德設法給她「適當」的教養，指的當然是城市裡「淑女」的教養。便決定每逢暑假把她接到威尼斯。奧珈的教導方式極其專制，很少帶同情與關懷的語調，她只管瑪莉說話不對，衣裝不對，舉止不對，就是說她不夠「文雅」，不夠「端莊」。所以長久以來，除了很少的一兩次聚會，她們在一起都不太愉快。在這個時期，只有當龐德帶她到處看威尼斯的文物時，她才感到快樂，因為和龐德在一起，她不必憋著氣那樣不敢放開。那時，她常常想家，想著親母一樣的農婦的家。

這種情形要等到她第一次到勒柏羅才有轉機。她在翡冷翠念書前後，龐德常常帶她去羅馬、西安那、翡冷翠看重要的博物館，一路講解其間文化歷史的意義。因為龐德的詩文中也充滿了這些文物的描寫，講解來極其引人入勝，這些在瑪莉少女的心中留下了非常深刻的印象。這，對於她後來全力閱讀龐德的《詩章》，喜歡它們，翻譯它們，講授它們，處處保護它們，都有一定的關係。事實上，瑪莉把龐德看成一個巨人，一個半神，彷彿一切文化的層面都包容在他身上，以致後來龐德走上法西斯同情者之路，她的字裡行間都隱約要替他當時的文化心境作辯解，因為她確實崇信龐德所崇信的儒家思想。這次，雖然她接受了我對龐德只見儒家的理想面而不見儒家所引發出來的鎮壓面的微詞（我不好明指龐德看到的墨索里尼正是片面的）。她是那樣的深愛深信儒家思想的偉大，她聽了我的微詞以後，還是對我說：她一生最想做的一件事，就是要到曲阜去——因為龐德沒有去成，可見龐德思想在她心中紮根之深。

在《父親老師》這本自傳中，瑪莉對勒柏羅的相會有這樣心跡的縷述：

一九三九年四月，我第一次見到勒柏羅……學校給我幾天假期，好讓我和爸辭別，他要到美國去（維廉按：這次他要說服美國不要與義大利為敵，無功而返）。媽咪到車站接我。車子開到山腳停下來，我們沿著卵石路爬上半山，走了約莫一個小時，始見房子從橄欖樹叢升起……從這裡看出去的海和威尼斯看到的是如此之不同：這裡是鋒清的色澤。大太陽光，花香的春日，滿臺的水仙花……。房子裡面：明亮。空。白……，門窗對著海景，橄欖樹和盛放的櫻桃樹……純然的美和香味——忍冬的香？檸檬和桔子的香？只有一張畫：藍海與白螺殼……媽咪在沏茶，我把蛋餅排好她要我用盤子樣的矮桌拿到她的房間裡去。喝了一陣茶之後，爸說：「她要拉巴哈的曲子Chaconne了。」

這大概是我第一次聽到巴哈的Chaconne，但就這一次它便永遠印在我腦中。在威尼斯的日子裡，我有時要聽她拉的幾個小時，總是受不了琴聲的壓迫。我從來不看她。音樂會的時候，也只偶然一瞥，也從來沒有真正看到她。現在，一個全新的人站在我的面前。是透過我爸的眼睛嗎？是因為她為了送行奏得特別好嗎？愛流入樹林中的鴿子。「鳥兒應和著琴聲，應和著她，應和著我，應和著智慧，應和著海灣的景色。」在她演奏的整個時刻裡，沒有陰影、沒有怨恨。她紫藍的眼睛是澄明亮麗的。我終於瞥見了他們天籟一樣的真實的世界。但音樂一停，這個感覺便消失。媽咪又回到她專制的方式，回到她第三人稱的語言……

雖然，她和奧珈的關係仍是繼續的不調和，但從那個時候開始，她懂得了文雅、典雅、為美犧牲的意義。從那個時候開始，她慢慢懂得並同情龐德與奧珈為復興音樂所建立的美與愛的世界。從那個時候開始，她努力學習英文，全心傾入詩的世界裡，尤其是她爸龐德的詩的世界，全心讓義大利的藝術傳統和她母親的音樂世界塑造她為典雅典麗的女子，使她在農村的開放、實在、隨和與城市的拘謹有禮之間找到一種逸放的文雅與典麗。這逸放的文雅與典麗活潑潑的呈現在我們這兩次短短相處的時刻裡，也許就是因為這種逸放而又典雅的個性——慈美和我都很欣賞的個性——我們聚短情長，覺得認識她彷彿已經很久很久了。

——一九九四年二月二十三、二十四日《聯合報・聯合副刊》

「雅舍」的命運

在我起程到重慶北碚西南師範學院講學之前，剛巧在臺北碰到了許世旭。許世旭前些時候在西南師範學院住了一個多月，他知道我要去北碚，便不斷的提醒我必須找人帶我去看我老師梁實秋先生的「雅舍」。我嘴裡一面說：「一定！一定！」下意識裡卻沒有什麼信心。想想老師抗戰時在北碚住的「雅舍」，據他當時的描寫，是「瘦骨嶙峋，單薄得可憐」。「雅舍」用四根磚柱，四面編著竹篦牆，牆上敷上泥灰，上面蓋一個木頭架子，是只略具粗形的陋屋而已。

它並不能蔽風雨，因為有窗而無玻璃，風來則洞若涼亭，有瓦而空隙不少，雨來則滲如滴漏……客來則先爬幾十級的土階，進得屋來仍須上坡，因為屋內地板乃依山勢而鋪，一面高，一面低，坡度甚大……但若大雨滂沱，我就又惶悚不安了，屋頂濕印到處都有，起初如碗大，俄而擴大而盆，繼則滴水乃不絕，終乃屋頂灰泥突然崩裂，如奇葩初綻，倏然一聲而泥水下注，此刻漏室狼藉，搶救無及。此種經驗，已屢見不鮮。

「雅舍」是老師以幽默化解出來的妙品，但這樣的房子，經過近五十年，不知已經破落到什麼模樣。這是我下意識裡沒有什麼信心的主要原因。

雖是有些輕信，我仍是找到了識途老馬，對抗戰時期遷到北碚居住的人與事都甚有研究的張太超和王泉根，約好了在我做完講演便出發。

那天我講一些研究中國現代文學史的問題，我列舉了許多曲折離奇的因素如何構成現代中國人歷史的挫折感，其中創傷性最大的莫過於意識形態的設限、尊一與排他性。我舉了毛澤東三篇文章——〈延安文藝座談會講話〉、〈新民主主義〉和〈五四運動〉——如何欽定了一條路線，任誰都不敢更動。在這條路線下，除了凸顯工農兵文學之外，還把五四運動說成是無產階級領導的反帝、反封的人民大眾的文化運動，把城市知識分子的實際參與壓制下去。換言之，意識形態主宰了歷史的書寫，其結果是：自一九四九年以來的文學史中都不能提新月派、胡適等人……

我講完走出來，張太超和王泉根都同時說：「沒想到意識形態的設限與排他性直接影響到『雅舍』來。」我以為他們是要問：這條路線對梁實秋的作品有什麼影響。我趕緊說：「影響可大呢，因為批胡（適）批梁，是現代中國文學史一大重點。」他們說：「這，我們當然知道：我們說的是，這種意識形態的排他性直接影響到『雅舍』這棟房子的命運來。」

「這話怎樣說呢？」「就是因為梁先生一直被視為兩條路線中的敵人，所以長久以來，黨裡面沒有人關心過梁先生的『雅舍』，事實上，到最近老舍長子舒乙先生來找『雅舍』的時候，起先都沒有人知道在什麼地方，幾經推敲，再經過梁先生女兒梁文茜畫了地圖才算找到。」「這事我在臺北的《中國時報．人間副刊》上看到了。」張太超又說：「老舍和梁實秋兩家都在北碚，來往很密。沿著屋後的竹林有一條幽徑一直通到老舍家，梁先生常常散步到老舍家，他們又經常在北碚市中心一同說相聲；但在現代中國文學上同樣重要的兩位相交又那麼親密的作家，他們的故居的命運是如此的不同。老舍的故居相當完整地保留下來，並掛有『老舍故居』

的牌子以茲紀念，而梁先生的『雅舍』，現在雖然找到了，不但沒有受到相同的待遇，而且還要面臨馬上拆除的命運！所以我說：沒有想到意識形態的設限與排他性直接影響到『雅舍』來。我們向中央反映了不少次了，一點作用都沒有！」

我們匆匆從西南的後門出去，走上通往重慶的幹道，破舊的公車橫衝直撞，地面沙石濺飛，幸好「雅舍」就在附近不遠。我們走上土階之前，張先生往南面一指，說：「舒乙先生小時候水土不服長得滿身疱瘡天天上的江蘇醫學院附屬醫院就在那裡。」樹林後面那幢房子早已變成了工廠了。十數級土階後是一個平臺，擠在幾所相當破舊剝落的房子中間，赫然出現聞名的「雅舍」。不知是不是因為旁邊加建了半節的房間或貯物室，「雅舍」看來極矮。據說平臺前原來有兩株梨樹，綠意花香，春天時想亦有一番清麗。現在唯一可辨認的，大概只有門牌上的「梨園四十八號」了。附近堆了不少雜物，門前掛滿了男女內衣內褲。我們徵得屋主同意，暫時把它們拿掉，可以把房子看個清楚，順便拍個照留念。

「雅舍」的屋頂已經不甚平硬，一副垂垂老矣的模樣。竹篦牆確如舒乙所說，已改為磚牆，但山形牆部分顯然是原來的竹篦牆，我們看到兩個大洞，泥灰倒吊，露出不少竹篦。我正奇怪主人為什麼不去補這兩面山形牆。此時我們正好站在原是老師文中提到的「水池」「糞坑」，現在已經沒有水了，一片亂葬崗那樣，相當礙眼。傳說中的竹林小道已經沒有了，雖然後面還有數株無精打采的竹子。乾池再過去，是四五幢正在興建中的五六層的國宅，好像正向這個方向發展過來。我突然醒悟：「就是因這些新住屋的興建，必須要把『雅舍』拆除嗎？」「對！再不多找一些人呼籲，恐怕就來不及了。」

中國人對他們的作家的故居一向不甚尊敬。我記得有一次經過東京本鄉的一間小小的旅館，門上竟掛著一個顯赫的牌子，說明這是「文化財」之一，因為川端康成曾在這裡逗留過。我們的作家，除了魯迅等一、二人之外，都沒有受到禮遇。（臺灣的情況亦如是）其實，像北碚這個地方，除了梁老師和老舍之外，還有林語堂、余上沅、梁漱溟（勉仁文學院）、徐復觀、楊家駱、顧頡剛……嘉陵江對岸還有七月詩派諸人。這樣一個地方，如果在日本人的手裡，必然都封為「文化財」，然後設「抗戰時期文化財游步道」，製圖以備朝聖者按圖一一「朝拜」。這是從尊敬的角度來看。從「旅遊」的角度，如果弄得好，也一定可以招來很多遊客，何必一定要滅跡呢！（臺灣在光復前在光復後也出過不少重要的作家，我們做了什麼呢，我們是否可以因為「雅舍」之命運而作些反思，在一些可以激發後代的文學流跡湮沒之前做些建樹呢？）在梁老師的情況，也許確是做了意識形態的犧牲。我今天記這件事，其實只有一個微薄的希望，就是有幸北碚當局看到，願意重新考慮此事，也為這幢外貌不揚而裡面曾經發散過使人振奮的文化氣息的「雅舍」平反。

——一九九三年十一月十六日《中國時報・人間副刊》

朝辭白帝

在一個沒有彩雲的早晨
破舊的交通輪
向白帝城停靠
憤怒的長江
一口氣
把不能消化的保麗龍等諸種垃圾
激濺上黑色的河岸
臨江旅舍的破窗
如失去光芒的假目

呆呆地望著
鬱鬱的舊城門下
囤積著千萬黑沈沈的人頭
焦急的眼神
疲憊的眼神
在發霉的城門下
在污臭碼頭的石階前
焦急地等待著
疲憊地等待著
一艘船要帶給他們的
一點點金黃的將來
一點點生命的轉機
是「皇天」怎樣不純之命啊

讓百姓忍受種種的災困
去故鄉而就遠
家離親散而相失
心心網結而不解
憂憂塞蹇而不釋
是「皇天」怎樣不純之命啊
讓他們不計千山萬水的困頓
不計數十年針刺力攪的痛楚
去故鄉
向迷茫的遠方奔馳
忘記飢餓
忘記累累的足繭
湧入盲流

任盲流
流他們入盲瞳中
偶現的一線微光
流入盲流
盲目地湧入
無地容身的狹窄的船艙
在漠然與漠然之間
在石化的凝視
與石化的凝視之間
在貨臭、汗臭、污臭
與排泄的濁氣之間
在蒸氣房的高熱
與窒息的空氣之間

他們緊抱著自己
屈卷在狹窄的過道上
倒臥在堆積著物件的樓梯間
趴在粗糙的行李包上
掛在生鏽的船欄邊
盲然茫然地看著
三峽巍峨拔起的山石，看著
巫山一重又一重
引向永遠在迷霧中的山峰
是「皇天」怎樣不純之命啊
讓他們路斷橋斷
那樣決絕地
投入盲流

到遠方
在三峽迷霧的盡頭
在暴發的資本主義市場
和暴施的極權制度的狹縫間
去追尋
些許
剩餘的
金黃的將來？
沈重的船
搖晃在沒有猿聲的兩岸間
在氣蕭森的巫山下
在江間波浪兼天湧的峽道上
裝載著的

是你說的三峽山川的壯麗
是我心中的人世的蒼涼？

小記

嚴格的說，這是我太太慈美兩句話引發的詩。她和我過三峽時說：對你來說，三峽山川壯麗，我看見的卻是令人悲傷的中國人的命運。詩中所有當然都是實境。「盲流」是目前大陸的流行語，指的是因為城鄉間巨大的經濟差距，一直沒有改進的窮鄉的青年，大量的流入北京、上海等大城中去當廉價的勞工。「盲流」指的是這種「內在的移民潮」，這種「內在的放逐」。

——一九九三年十二月十六日《中國時報・人間副刊》

初登黃鶴樓

故人
在我心中
就是孟浩然、李白和崔灝
他們都已西辭東去
或東辭西歸了
乘烏帆？
坐仙鶴？
烟花
在唐代此地

必有它的美
尤其是唐代三月的長江
沒有煤烟汙染的烟
沒有塵垢的春天的花
而且當時的藍天
絕對透明清澈
長江可能也還是黃泥色
但絕對沒有澱積千年的惡臭
至於揚州則仍在那個方向
名字也沒有更動
是否如唐代那樣動人
就不得而知了
孤帆現在少見了

如果有也難以看清遠影
天空既然不碧藍
當然也就談不上「碧空盡」了
說穿了
是一片濃濁的茫然
連呼吸都有困難的茫然
回頭一看
只見長江茫然失
不見長江天際流

——一九九三年十一月一日《聯合報·聯合副刊》

幽幽桂花香的奈良

奈良是：在公園裡、在大街上、在水邊看休休閒閒地遢游、嬉戲、細細訴情的麋鹿；奈良是：在唐風的東大寺隨著善男信女舉首對巍峨的大佛仰視、膜拜；奈良是：一排排引入園樹叢、一排排依小徑旋曲高升入堂的石製的獻燈唱和著春日大社內另一排排沿簷垂吊入宛轉深曲的神堂的銅製的獻燈，在一夜間全然點亮；奈良也是：在架高雄踞如京都清水寺的二月堂擠入排坐的人群等待日落看紅霞中的廟影塔影山影樹影……但對妻和我來說，奈良更是幽幽的桂花香逐著我們的衣帶浮動移行，如果此刻你們願意、願意隨著我們、在十月末梢、乘著夜寒、摸著舊奈良格子屋古雅的屋角，靜靜地來到這個彷佛在時間中凝定的城市。

妻說，別再埋怨什麼「又錯過了楓紅的時刻」了！天氣的變化，遲去的熱潮，雖然確把楓紅的臨幸阻擋在秋田山外，你為什麼不依著幽幽的桂花香、家家巷巷的幽幽的桂花香去尋索另

奈良更是幽幽的桂花香逐著我們的衣帶浮動移行。(廖慈美攝)

一個你未曾見過的奈良、去沉入那曾經失去而又彷彿突然歸來的一種幽玄的溫暖呢，你的感覺好遲鈍，你的堅持太固執，枉你自稱是寫詩的料子！

妻是對的！妻的目力、聽覺、嗅覺、第六感一向比我敏銳，妻是對的。

由是，我們便在次日踏著微明，依著幽幽桂花香的召喚，游步入歷史的古道。冷冷如裂帛的秋晨的空氣，是那麼明淨新鮮，一如爍爍黑瓦襯托出來的一片片展張如宣紙的白牆，潔淨無塵，等待著一些畫面的完成。妻說：看！前面修剪得如倚如舞的青松，綠雲一樣，把一樹紅柿映得無比的亮麗。楓紅姍姍遲來，桂花幽幽引道，正是家家巷巷紅柿登場的時候。

妻說：忘去你對楓紅的固癡吧；桂花的幽香和柿子的盛紅不是更有情意、更具秋色嗎？

是的，就讓我們依著幽幽桂花香的召喚，細數番茄型、雞心型、栗子型各展手姿的紅柿，欣賞門門不同的剪松，由友人山田武雄和敏子熱心的陪伴著，到柳條輕拂著青年情侶泛舟的猿澤池去看古拙雄奇插天的五重塔的倒影，到鷺池中心的浮見亭上觀游魚、聽林風、看一對早熟的麋鹿從斜坡細步到湖邊以柔情無語的顫動訴說他們之間的情愫，然後穿過「細語輕聲的閑寂小徑」，讓葉子的光影、讓鳥聲、讓靜的移動，豐富我們的沉思，撫慰我們的倦足，然後在輕聲細語小徑的盡頭，我們就在春日荷茶園內、在紅布鋪蓋的矮桌和一把大紅紙傘下歇腳，喝抹茶、喫茶團子，餵一隻隻突然從深樹中冒出來的麋鹿……

一些微雨，一下子紅柿變得更紅，桂花的香變得更幽，尤其是在志賀直哉的舊居，好雅緻的書房、茶亭，好浪漫的文藝沙龍，黑瓦、木門、石桌、石椅；在一大棵雞心紅柿的映照下，在濕濕寂寂的書香裡，我們可以作一刻現代人少有的懷古與幽思……尤其是在曲水流觴蘭亭式的依水園內，坐在褪色的草堂的架臺上，靜靜看細雨踏著跳石而來，看細雨的寒冷把已緩緩換色的幾株垂到水面的楓枝突然點紅，在深遠的池水中弄影，把水灣盡處亮紅了一大片。在雨中，桂花的浮香彷彿把萬物沾染，曲徑斜竹、苔石清流盡是桂花的留香。

一縷一縷的桂花的幽香，在微雨過後，午陽復出，繼續引領我們到了唐招提寺，鑑真和尚不屈不撓五次渡海把大唐文化帶到日本的行跡，赫然在目：金堂的巨木柱，簡樸壯雅的斗拱，月形的屋角，千手觀音的俐落，霍霍然大唐風範，令人仰止感動；金堂後面，鐘樓、鼓樓、講堂、修行所、藏經閣都是沉雄的建築、清雅潔麗如發散著高度文化的書卷，以最悅目的空間設置，散落在空闊的廣場上，好一片深邃的空靈！我們每次看到這些事物，都有一種難以形容的

鑑真和尚不屈不撓五次渡海把大唐文化帶到日本的行跡，赫然在目：金堂的巨木柱，簡樸壯雅的斗拱，月形的屋角……（廖慈美攝）

觸動，有些感動，感動於大唐文化被慎重地保存；但更多的可能是心中泛起的嘆息，嘆息於中國原有的空靈清雅已經淪為蕪實和俗麗……

感謝那幽幽的桂花香。

感謝那爽朗亮麗的柿紅。

我們竟然在一次偶然的拜訪裡，無意間找到了一點點已經失去了很久而彷彿在一刻間突然歸來的幽玄的溫暖。

——一九九五年五月二十六日《中央日報副刊》

山水日記

1

一隻白鷺鷥
自微綠微白的霧裡飛出來
綠的蘆葦白的霧便分開
初陽
此時
在茸茸的白花搖曳中誕生

2

頓然被濃濃的綠意
淹沒
輕聲細語的小路

3

鼓聲
斷續而永恆的鼓聲
一條小小的瀑布
自先天地之前之前
激在幽谷的岩石上
清響
振著楓葉

振著茶屋
振著奪嶺的橫雲
振著深不可測的藍天

4

一隻翠藍的鳥
唰的一聲
從參天的樹頂衝下來
而進入一方深綠的
畫布上
鳴唱一首
永不停息的
無聲的歌

山路悠然見菫草

——給幻住庵的主人芭蕉氏

一份意外的機緣，今天，我得以重拾你的步韻，沿著閒寂的散策路，在你曾經每日汲水煮茶燒飯的那泓清水井邊小駐，聽靜冥思，然後走向大寂林中你晚年隱居的幻住庵。雖然在這初秋時分，離開春天已經很遠，你所樂道的杜鵑花和掛在松樹上的山紫藤花都早已被濃密的綠葉淹沒，但在一些稀疏的逐漸轉紅的楓葉間，時鳥仍然斷續鳴叫，你凝聽過的啄木鳥也偶爾顫響林木，而你看著近江琵琶湖而魂歸吳楚、身入瀟湘、環看遠山抱村、領受山風湖風的涼爽、想著唐橋山堡湖光晚釣的情景都彷彿在目前。好難得的一份機緣，我得以坐在草堂幻住庵的玄關上，在自然幽幽的微動裡，去追跡你神思靜觀的理路，在你神遊的空間裡作片刻的浸染。

這次來大津，原是應鵜野教授之邀，來講東方詩學與近代美國詩的跡變。這次來大津，原是要看看取模於我國瀟湘八景的近江八景的遺跡。沒想到，大津市正好在舉辦一個你和你門人作品的收藏大展，看到你秀麗的書法的真跡，和蕪松用書法和畫展現你舉世聞名的《奥の細道》，是如此的灑脫迷人，頓然再激起我多年來讀你的遊記和俳句的記憶。是的，今之大津和琵琶湖昔之近江，不正是你俳句中，你〈幻住庵記〉中繞繞縷述逸興遄飛的場所嗎？

行く春を近江の人と惜しみはる（近江友朋共惜春）
山路きて何やらゆかし菫草（山路悠然見菫草）
五月雨に隠れぬものや瀬田の橋（五月雨隱瀬田橋）
辛崎の松は花よりおぼろにて（辛崎松似霧裡花）
石山の石にたばしる霰かな（石山寺石霰濺溜）
比良三上雪さしわたせ鷺の橋（「比良」「三上」雪鷺橋）
三井寺の門敲かばや今日の月（三井門敲今日月）
病雁の夜寒に落ちて旅寢かな（寒夜旅寢病雁落）

也許，這次我和也曾讀過你作品的太太，可以重溯你在近江的行跡和感印曾給你無限喜悅的景物。四年前，一半是機緣，一半是你《奧の細道》一段話的挑逗，我們去了松島，你在《奧の細道》裡說：

松島向稱扶桑第一好風景，不下於洞庭、西湖，入海東南方，江中三里，湛湛焉似浙江潮，小島棋佈，數之不盡，欹者指天，偃者匍匐於波，島島重疊，或左右相連，如長者抱負兒孫，綠松枝葉，汐風勁吹，矯焉屈曲有緻，嫵媚如美人弄妝，其神捨大山其誰哉，天工造化，人筆詞折。

我們的船穿行在變化多端水雕風雕的奇岩間，穿花的岩洞，波騰的雕浪，如拂袖掃雲，如抱虎歸山，如白鴿箭起，如怒蛇筆立，島嶼不大，有些甚至小如一葉之舟，但松姿千萬，確如你說：天工造化，人筆詞折。但在穿行間，想著你神思的投射，饒有另一種韻動。你把松島比作瀟湘的洞庭和蘇子筆下的西湖，是你把中國詩中和牧谿、瑩玉澗、秀盛、真相及狩野元信畫

芭蕉在其《奥の細道》裡稱之為扶桑第一好風景的松島。我們的船穿行在變化多端的水雕風雕的奇岩間，穿花的岩洞，波騰的雕浪，如拂袖掃雲，如抱虎歸山，如白鴿箭起，如怒蛇筆立……（葉灼攝）

的瀟湘八景壯闊空靈的綜合印象投射入松島的空間形象。松島的柔靜確有西湖之意，其空茫處，也令人想起畫中的瀟湘。但穿梭在散落有致的奇岩小島間，千迴百轉，岩重水影水重岩，綠玉的水，反映著臥坐倚伸皆成趣的奇岩，對我們來說，還有些漓江的情趣，只是漓江的臥坐倚伸皆成趣的山多拔起矗天，逼人在狹縫間引頸仰視，松島海上的奇岩卻可以平視俯瞰，另有一番親近可人。

多少年來，讀著你的遊記和俳句，我一直有著一種奇異的情感，不是因為你是俳句的大師，不是像日本人那樣把你神化，幾乎每一個村鎮都因你曾涉足而興奮若狂，立碑刻句，作為美心文心的標誌；對我來說，你寫的雖然是日文，你卻是利用著複疊的唐宋詩的聲音跟我、跟像我一樣的其他的中國人、跟中國古代的詩人：老莊、李杜、樂天、蘇子……對話，秘響旁通，俳句裡遊記裡，像音樂的母題的迴環疊變，唐宋之音、源氏物語之音……迴環疊變，好一片和聲，響徹在超越時空、地域、國界和民族頑性的想像舞臺上。這，和李白、杜甫之利用《詩經》、《老莊》、《楚辭》、六朝諸音的祕響旁通跟他們的讀者（也熟識這些詩音的讀者）對話，在精神上在方式上是完全相通的。我常常這樣想，如果對你的俳句和遊記也興奮若狂的西方讀者，也能聽到、也能感應到你這些中國古代的詩音、也能和你並肩神遊在那字句意象之上壯闊雄渾超然物外的空間，不知有多好。這不完全是因為我偏愛古代的中國啊，因為我確實知道你對莊子逍遙與齊物的深情，確曾聽見你俳句中李白的逸放、杜甫的深沉、樂天的平實、東坡的豪爽，你確曾想把你摒棄世俗價值觀的束縛和與功利主義絕緣的那分物物自得物物無礙神馳萬象的胸懷，帶給扶桑的讀者，希望他們，也能像你一樣，作美的壯遊。

可是，芭蕉先生，說起來你定然會惆悵神傷。今日的年輕的日本讀者，在逐漸拜物物化商品化貪婪的狂潮下，已經沒有多少人還能聽見，還能感到你詩中的秘響，和秘響中展開的「萬物靜觀皆自得」的自由境界以及李杜波瀾壯闊的氣脈、氣象了。譬如，在這些後工業時代的日本青年裡，我不知還能找到幾個，能在你「原中やものにもつかず啼く雲雀」（原中物外啼雲雀）那首俳句裡深深領受到你道家精神的支柱：解構了人為宰制的物自生自化自律自然、物各其性各得其所、「萬殊莫不均」的天放和天籟，進而去尋索你對瘦菊的讚歎，你對遊於花間的小虻的呵護，你向唐土迭次問蝶夢蝶的玄遠？有多少個能跟你遊入邯鄲夢雪、墨子芹燒的情景？有多少個能因你的俳句「貧山の釜霜に鳴く聲寒し」，而凝神注聽李白的「餘響入霜鐘」

細微入極的音感，或因你的「行春や鳥啼魚の目は泪」而在「感時花濺淚，恨別鳥驚心」上面去感印杜甫「春望」在你詩中的迴環震響！有多少個能在你的「夜著は重し吳天に雪を見るあらん」重現東坡的「笠重吳天雪，鞋香楚地花」的愁遠，或因你描摹的西施而去吟唱蘇子的「水光瀲灩晴方好，山色朦朧雨亦奇，若把西湖比西子，淡妝濃抹兩相宜。」這些可以引領他們與你共遊的空間恐怕都已經逐漸消跡流失了。

相反地，就是因為在你的詩文中，我聽見了唐宋之音，看見了這許多相識的意象，我往往把你的俳句看成我們宋人詩話中常常拈出來讚賞討論的警句。譬如「閑かさや岩にしみ入る蟬の聲」（寂寂山岩蟬聲入）的「入」字的用法，和我們詩話中講的「句中有眼」是完全一致的，在句法上令人想起「舟移城入樹」，「風暖鳥聲碎」，「鳥歸花影動」，在感覺上又有「坐看蒼苔色，欲上人衣來」和「鳥鳴山更幽」。你的「海暮れて鴨の聲ほのかに白し」（海暮迷茫鴨聲白）的「白」的用法，我也有類似的感覺，使我想起「日落江湖白」的相似活動。其次，你的「枯枝に烏のとまりけり 秋の暮れ」（枯木寒鴉橫秋暮），在氣氛上，在視覺上的佈置上可以直追如畫的「月落烏啼霜滿天」。起碼，對我這個中國讀者來說，我覺得你極傳神地把漢詩的句法和境界轉化到日文，使它更為豐富，更具表現的多元性。這也許就是我讀你的俳句和遊記時所興發的奇異的情感的緣由吧。

從大津的博物館走出來的時候，我禁不住向鵜野教授表達了我們欲重溯你近江行跡的意願。她聽見這個中國人對你的熱切，也興奮起來。

我們沿著琵琶湖北岸馳行，沒想到不但看不到湖面，沿岸的低窪地帶，雜亂地林立著低俗的箱形現代建築，把湖景全然破壞。這，也會是令你惆悵愁傷的一種勢不可歇的急遽變化。我們的車子穿過了乏味的建築，包括卑俗的紅燈區的一些酒屋，半個小時左右，我們來到了堅田區，仍然看不到湖面。車子轉入了一些古舊的民房，在彎曲窄路的盡頭，突然出現了一組樹形斜飛曲折具有騰龍伏虎之姿的青松。穿入松間，第一眼便看見刻有你俳句的碑石，上面刻的正是「比良三上雪さしわたせ鷺の橋」（「比良」「三上」雪鷺橋），原來我們已經來到近江畫家們畫了又畫、你曾多次駐足凝思的近江八景之一的「堅田落雁」。在這個突入琵琶湖的小塊陸地上，青松圍出了一片古雅的寧靜，除了你的句碑，還有蘭更、虛子、青畝等人的句碑，左面是觀音堂，右面是茶室玉鉤亭，非常素樸淡泊的佈置，應和著鬧市外受到保護的一份寧靜。一條

穿入松間，第一眼便看見刻有芭蕉俳句的碑石，上面刻的正是「比良三上雪さしわたせ鷺の橋」(「比良」「三上」雪鷺橋)，原來這就是畫家畫了又畫的近江八景之一的「堅田落雁」。(鵜野攝)

古老細工的木橋伸入湖中心一間中國式的水亭，是臨濟宗大德寺派海門山滿月寺的浮御堂，我一眼便認出，這便是畫家廣重等人「堅田落雁」中的水亭，竟然和畫中完全一樣。這，必然也是你當年駐足眺望形似富士的三上山和比良連峰之地。我們站在湖中的浮亭，水光浮動，湖風籟籟，在一片開展的湖山間，我們搜索三上和比良，在不甚透明的陽光中，我們驚喜地看見了拔起的三上山和起伏有韻的比良連峰，我們等待著一群白鷺或一行秋雁來把「比良三上雪鷺橋」或「堅田落雁」的畫境完成。但沒有白鷺也沒有雁飛來，（在湖水已經完全被工業廢水污染的今日，還有白鷺和雁群飛來嗎？我不知道。）此時，卻有湖鷗數隻在浮亭水邊戲弄，好像要戲弄我今日懷古的思情。

我們過橋到對岸，建築較為疏落些，回頭看湖面，白光一片展向遠處的迷茫，暫時可以忘卻西岸低俗的建築和工業廢水的污染。我們走到一個叫做唐橋的地方，心想著是一條古雅的中國式的橋，但那條橋早已廢棄，現在已經用三合土重建。你當年所見，是中國式的木橋？你俳句中的「五月雨隱瀨田橋」，指的可是歷史中的唐橋？唐橋以後，是瀨田河，垂柳夾岸，澄藍的河水映照著初發的點點楓紅。兩岸的游步道竟然靜恬無人，竟也有一些江南意。

其實，來看傳聞中的近江八景和你俳句中提昇的景象，我心裡早有準備，李杜寫的三峽，東坡寫的西湖，現在去看，又怎能有相同的境界呢，一如王維藍田輞川一片淋漓欲滴的綠意早已被塵薰失色了。倒是沒有想到，「三井晚鐘」的三井寺和「石山秋月」的石山寺，並沒有因觀光公害而失去它們的古拙深幽。三井寺的金堂、鐘樓、藏經閣、觀音堂、觀月臺，比京都、奈良的寺院還要古拙俐落，如座座冥思的如來鎮坐在森森然的古木間，只有微風的細音，只有微風輕輕擦過斑駁古暗的木門和青銅古鐘鐘面的顫響。我們被一種奇靜懾住，一種遠古以來彷彿未曾改變的靜。我們不去擾亂它，是「僧推月下門」好呢？還是「僧敲月下門」好呢？三井的晚鐘也許更能激起寺中周圍的極靜。你當時也有過賈島的「推」「敲」而寫下「三井門敲今日月」嗎？但我確知道，我今日聽到的極靜即是你當年聽到的極靜。

石山寺的遊客多了些，但本堂高架式斗拱的建築森嚴，所有的來人一時間都被寺內的肅靜懾住而默然膜拜移行。另外，因為紫式部據說曾在石山寺初得靈感，石山寺後設有紫式部園，恬靜清絕，配合著「石山秋月」有名的「望月亭」，更為淡雅有緻，建築樸拙的望月亭突出山邊，遺世獨立，傲世無阻地臨湖向天，可以擁攬明月，在近江還未被工業蠶食的年代，必然更加明淨壯闊，在大寂大空中真是可以冥思入無。這些幽玄的景象，也許就是你對近江特有深情的緣故？

今天，我坐在幻住庵的草席上，尋索你病患中最後的一些思跡。「寒夜旅寢病雁落」。想著你在夜裡靜坐，等待月升，等待月的投影而進入莊子罔兩之思。你說樂天因詩破五臟，老杜因詩形銷骨立，你則自覺詩才不濟，而萬物空幻不住。你太謙卑了。幻住庵雖去而重回，你的肉身雖去，你詩的精神卻爍爍長存，這，都是因為你能超越時空、地域、國界和民族頑性、在一片古今詩音的和聲中馳向廣闊無邊的想像舞臺的緣故。幻與不幻，全在一個物物無礙、事事無礙的胸懷，你發自莊子而放射到更大更遠的文學領域的，正是這種不執於幻與不幻的神思自由的騰躍。

後記

文中把芭蕉的俳句用七言句表出，完全是為了行文的方便，來幫助讀者進入芭蕉的中國哲學美學詩學的世界。七言句雖然有不少可以托出芭蕉俳句的宛曲韻味，但不易捕捉日文的音樂個性，所以我必須聲明，我並沒有將之視為譯俳句最佳的方式。其次，因為我採取了書信體，又是寫給芭蕉的，所以不便在文中對俳句的藝術特色作大幅的討論。

又，芭蕉俳句的解讀，曾得中日文俱佳的西村萬里教授協助，在此一并致謝。

——一九九五年七月二十八日《中央日報副刊》

安達魯西亞

聶爾哈小鎮(Nerja) Carabeo 街四十六號

是夜本身
敲擊著我們的夢嗎？

幻遠幻近
隆隆的雷聲擂打著
浪濤
捶擊著騰空的懸崖
捶擊著大塊大塊斷落的岩石

153

捶擊著大塊大塊斷落的岩石
無助地在沙灘上
相互地躺著倚著
延綿不絕、間歇有律的敲擊
如黑色的旋風
敲擊著窗玻璃
敲擊著我們的枕頭
壓迫著我們的耳鼓

還是
我們心神本身
敲擊著那些石鼓
捶擊著冷冷入侵的夜？

大塊大塊斷落的我們
相互地躺著臥著
無助地，在廣闊無邊的黑暗裡

也許是昨夜旅途的困頓，近二十小時的飛行加上一個小時的開車，來到西班牙南方陽光永遠透明水永遠綠玉似的碧藍的地中海旁聶爾哈這個小鎮的時候，確實已經被疲憊所擊倒，也許就是因為是這種接近死亡的困頓的關係，昨夜澎湃的驚濤裂岸，震響著臨崖而建的小漁屋的窗櫺，益發覺得凌厲逼人。昨日下午從馬勒加(Malaga) 沿著地中海的海灣開平來的時候，一灣一灣平靜的碧玉的水，襯托著潔麗的崖城山城和錯落的廢堡，在斜照的陽光下，有無限的閑寂與祥和，又怎料夜來會有這騰騰霍霍的風擊與浪濺呢？西班牙的南方，地中海的天氣，則在這十二月，也是煦和溫暖的，又怎料到夜裡竟是如此的刺寒？

在我們出發之前，屋主曾經說，「一直要等到你們走入屋內，把後園的門打開，走到臨崖的亭子上一看，你才會說，真的、耗這麼多個小時的困頓的行程很值得！」果然，當我們撥開由圍牆彎垂下來盛開的九重葛花，在纍纍釋迦果和酪梨樹下，一條走道伸向一道矮的白圍牆，白圍牆後面展入無限的，正是閃閃朝陽下綠玉與藍晶石的地中海，此時依著方亭往下看，海浪是如此馴和地擊打著斷落的錯落在沙灘上的奇岩，彷彿是雕塑者溫柔的手，那麼緩慢細工地雕刻著這些斷岩，昨夜的狂猛現在彷彿在夢中。陽光，晨風，和景物都那樣的輕柔，誰不要在這一角落懶下來，呷一口咖啡，品嘗一片西班牙特有的醃肉和麵包，依著這聞名的「太陽海岸」(Costa del Sol) 緩緩的遊目細看呢：高低有致的白房子，變化多端的屋角、紅瓦、烟囪，佩著各種紅色、金黃色、紫色的垂花和澄碧的海水，一路舞過去，而盤踞在海角的山城和小鎮，在騰騰然的高山山影下，一個引領一個向晨光迷茫的遠方。

坦白跟你說啊，我們夢想要到這個小鎮，我們愛上這個小鎮，絕不是因為異鄉情調啊。我們愛上這個小鎮，和當年詩人加西亞·洛爾迦（他的房子離我們只有數屋之距！他的親人還住在那裡呢！）愛上這個小鎮是一樣的。一個小鎮的可愛，在生成的過程中，除了與自然保持著某種迎拒的對話之外，在設計上，絕對不能一目瞭然，房子和房子之間，街與街之間，和一個親密家庭和社團一樣，要有一種相倚相離、離合有致的互玩，絕對不能像現代城市那樣，為了

從聶爾哈鎮的「歐羅巴走廊」看藍晶石的地中海。（聶爾哈小鎮，葉灼攝）

交通有效，為了多戶多財，把街建得直條條，把房屋建成一個個矗天的大箱子大籠子，然後擠滿低俗的速食店，譬如「太陽海岸」馬勒加南面的馬貝雅（Marbella，美麗的海之意）新建的度假城，與世界各地唯利是圖新工業國家所建的城市完全一樣，沒有個性，沒有溫暖，沒有人情味。

聶爾哈的固執正是它的可愛處。很窄的街，轉彎抹角的街，風格多變的街，垂花多樣的街，因地勢建築作種種變化的街，各式的街坊小店，既是你開門七件事的提供者，也是你的好鄰居，更是守望相助左鄰右舍樂事與哀事消息傳播的中心。一個親密的小鎮，一個建築風格令你目不暇給的小鎮，你無論從那裡走來都會走到三條窄街的會合處，和大夥人融為一體，走到面海的「歐羅巴的走廊」，一同散步，飲酒，看落日把地中海染得像蒙內的「稻草堆」那樣多彩多姿。這就是聶爾哈的個性，擦肩的溫暖，互相顧盼的人情。

摩爾風山城菲麗希利安那(Frigiliana)

二十多年前遊馬德里和附近名城的時候，西班牙友人歸岸氏不斷的叮囑我們：「你們一定要設法到南方去，到安達魯西亞，去看摩爾人(Moorish)的山城，看摩爾人藝術影響的寺院(Mosgue，即清真寺)、城堡、皇宮……。」沒想到要等到二十多年後才踏上安達魯西亞。

摩爾人，原係北非阿拉伯人和巴巴人的混血人種，他們自第八世紀即征服了西班牙南方，統治了凡五世紀，直到十三世紀才被基督教收復失地，逐離西班牙。所謂摩爾風，指的是回教建築加上摩爾人特有的繁複豐富而又細緻的風格，譬如馬蹄鐵形的拱門，高而細長的圓頂篷，上面盡是精緻細密的裝飾，另外又有尖葉形的拱門，成雙的支柱都細長玉立，譬如柯多巴(Cordoba)寺院裡是琳「廊」滿目，由八百條華麗花紋的大理石柱頂住極目不盡相稱的弓形拱門，正是最佳的摩爾建築，這些寺院、城堡、皇宮留在下面再談。另外，在平民方面，就是用石灰洗白到絕白、閃閃生光的山城。

我們很幸運，離聶爾哈鎮才十多分鐘的車程，便有一個聞名於整個「太陽海岸」的摩爾風山城：菲麗希利安那。

十二月是乾爽微寒的月份。大抵因為是屬於乾燥的地域，山是一種近乎灰藍的綠色，矮矮的草，矮矮的樹，和一個月前在臺灣在日本所穿越的濕瀝瀝的濃綠和陰幽，彷彿是兩個相反的世界。山坡上是一叢叢在陽光裡在微風中銀光閃閃的橄欖樹，唯一青綠的林木，大概就是近年新興起的釋迦果林了。

沒有樹林，視野毫無阻隔。轉過山凹，在藍天下，在不遠的灰綠夾黃土的山上，密密麻麻盤踞整個山頭的，好一片層疊攀揚的洗白的山城！白白白，沒想到白色也有數不盡的層次，這片壓在山頭的白色裡，因為種種彎彎曲曲屋角飛揚的指向，因為大塊小塊紅瓦把白色相間地畫出各種幾何的形相，因為陽光不同角度投射的光影，一片白有千種白色的姿勢與顏面。

我們進入山城的彎曲狹窄的主道，轉彎抹角，轉不到山城以教堂為中心的廣場。那時看見很多白牆上掛滿了色彩跳躍蔓藤花紋的裝飾瓷盤，太好看了。我們便棄車步行，依著這些伊斯蘭的色彩，依著陽光下白刺刺牆頭上的各種垂花，走入神秘曲折狹窄的青石街，走入菲麗希利安那的內裡：

全然空寂。

安達魯西亞

一片亮晶晶的白牆
疊著
另一片亮晶晶的白牆
一片比一片晶亮
稜面的白牆
倚著
稜面的白牆
白白白
無盡變奏的白
腳下一條彎彎曲曲的青石街
頭上一片純粹的天藍
框住
兩三個披著黑衣的婦人

在奮發怒放的九重葛的紅花
和伊斯蘭拼嵌花磚的門楣下
聊天、話家常、竊竊私語
站在那裡
永恆地站著
永恆地說著
這些洗白的屋宇
訴說著
永恆地訴說著
清澈的記憶和歷史
西班牙的、基督教的、摩爾人的
甚至腓尼基人的歷史
訴說著，永恆地訴說著

腳下一條彎彎曲曲的青石街／頭上一片純粹的天藍／框住／兩三個披著黑衣的婦人／在奮發怒放的九重葛的紅花／和伊斯蘭拼嵌花磚的門楣下／……竊竊私語／站在那裡／永恆地站著……（菲麗希利安那山城，葉灼攝）

像地中海永遠不死的藍色
在橄欖樹叢後，在山谷下方
訴説著腓尼基人
希臘人、羅馬人
法國人、英國人、美國人
甚至亞洲人的出航
遠涉重洋與戰役
關於一些生命和活著的故事
關於一些愛情和愛著的故事
關於一些死亡和死著的故事
全然空寂，永恆空寂。

彷彿是為了把這永恆不變的山城的景象完成，在我們從菲麗希利安那內裡走出來的時候，青石街口一隻馱著貨物的騾子正緩緩的走進來，由一個古代的西班牙農夫拉著……

沙落布蘭那(Salobreña)

下山的時候，西北角是火焰霍霍的紅雲，我們決定迎向這紅雲奪海的落日。突然，慈美和兒子灼都同時大叫一聲：看！

一座掠風掃雲的摩爾廢堡重重地壓著一山洗白的屋宇和幾乎垂直的狹道，把它們全部扭成尖鋒四十五度神經繃緊的狹窄的彎角，迫使所有開車上下班的住民每天分秒都用冒險的精神去克服這些急轉彎，當然每天也照常以一種高度的勝利感安全到達目的地。

艾漢布拉宮(Alhambra)

來格蘭納達(Granada) 的人都是來看艾漢布拉宮的，但對西班牙詩人希門涅斯(Juan Ramon Jimenez) 來說，艾漢布拉宮的夏宮如一排柳樹日夜嗚咽輕吟的噴泉，似乎更能打動他內心的韻

一座掠風掃雲的摩爾廢堡重重地壓著一山洗白的屋宇和幾乎垂直的狹道……（沙落布蘭那山城，葉灼攝）

動，他先用詩再用散文重複為這個夏宮抒寫：

這些水在說話，在哭泣
在白色的夾竹桃下
在紅色的夾竹桃下
這些水在哭泣，在歌唱
在盛開的桃金鑲旁
在不透明的水上

歌唱和哭泣的瘋狂
屬於靈魂的屬於眼淚的瘋狂！
在四壁之間
這些水像火焰一樣受苦：

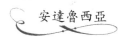

一些靈魂在說話在哭泣
眼淚被忘去，
這些水是歌唱的哭泣的
關閉在修道院內的靈魂。

來看艾漢布拉宮，當然要看摩爾人回教建築風格中細致的幻夢色彩和線條的舞躍，看宮內用精木、膠泥、花磚及纖細的石柱塑造出來繽紛而延綿不絕的庭院、拱門和圓頂篷，看陽剛與陰柔互補，或者應該說，以柔制剛滿牆滿天花板諸色雜陳拼嵌的花邊般的雕飾和如泡沫欲滴未滴顏彩紋飛的泥塑，但在以花彩的陰柔制持柱石的陽剛這些美麗的房間與殿堂後面，你會隱約聽見後宮三千幽怨的哭泣與無從發聲的鬱死，你會隱約被提醒，某王室，因著愛情與權力的誘惑，把先帝一家十六人狠狠的殺死，把頭顱一個一個疊高在這水池的邊上！

我們離開冷酷嚴厲的廢堡走向艾漢布拉宮的時候，陽光已經開始斜照，打在垂花纍纍的通道上，花的光彩，襯著粉紅粉金的皇宮的外牆，把原是冷硬的建築變得柔和許多。穿過了一些當年接待使節的廳堂，我們很快便踏入皇宮中最著名的「桃金鑲之庭」，一條長長的水池，反映著一排香榭，反映著盡頭拔起的接待使節的大樓，潔麗的花磚和泥塑的牆飾相爭攀升向一個宏麗的杉木精雕的圓頂，此時環走中庭四壁，泥抹的紋雕是如此的纖巧，顏色淡素艷麗是如此的調和，無法令人聯想起彎刀霍霍的強悍的摩爾武士。

但更壯觀的無疑是後宮中心的「獅子庭」，由東南西北代表世界四方的四條流水流入的中庭，可以看見十二隻代表十二星象的石獅子，雄赳赳地逼視著八方的來客。庭中的石柱，纖細如蘆管，或單或雙或成三非常有旋律地排展開來，其上盡是馬蹄鐵弓形的拱門頂著刻得滿滿雕飾的龐大的柱頭。這原是極其剛硬沉重的支柱，因著泥塑細緻如剪花的柱飾和拼嵌的花磚，突然變得輕盈起來，整個獅子庭彷彿在空氣中浮動起來，浮游起來，加上天花板上如泡沫的泥塑，彷似鐘乳石那樣欲滴未滴，更把幾何形狀的拱門柱石化作一種自然生物有機的構造。

這種感覺到了「姊妹堂」則更有過之而無不及，所有的牆面都由多色泥塑的剪花花紋花彩填滿，蔓藤花紋與星狀花紋的開展，均勻相稱中帶有無限的富有韻律的變化，整個感覺和氣氛，彷似繡帷倒掛，從圓頂上，從四壁間垂下來泡沫狀、鐘乳狀的泥塑，彷彿就是繡帷上的垂

獅子庭的石柱，纖細如蘆管，或單或雙或成三非常有旋律地排展開來，其上盡是馬蹄鐵弓形的拱門……這原是極其剛硬沉重的支柱，因著泥塑細緻如剪花的柱飾和拼嵌的花磚，突然變得輕盈起來。（艾漢布拉宮，葉灼攝）

蔓藤花紋與星狀花紋的開展，整個感覺和氣氛，彷似繡帷倒掛，從圓頂上，從四壁間垂下來，泡沫狀，鐘乳狀的泥塑，一波一波漫過去……。（艾漢布拉宮，葉灼攝）

穗和流蘇，如有律動的波潮，一波一波的漫過去……

累了，你可以走到另一個天井看看真的垂花，然後又移入另一個庭院，看看這些人工的鐘乳、泡沫的垂穗，這樣忽裡忽外，裡裡外外，不裡不外，亦裡亦外，在自然與人工互相唱和間，你可以享受一天的美的舞躍。或許，這樣，我們可以暫時忘卻歷史的殘酷和人性的可悲。

舍維雅(Sevilla)的夜與白日

當夜湧沸，如地下的泉水那樣，帶著它的神秘、陰謀和魅力，當夜突然把大群大群的男子和女子，扶老攜幼，從大教堂的深處全然傾出，倒入帝王的廣場上；彷彿是約定似的，此時探照燈的汎光大亮，探照著全城最高的、獨立於哥德式建築群中的回教大塔 Giralda，探照著大教堂屋脊上形形式式欲飛不振的扶壁拱架。倒入大大小小的庭院和廣場，倒入滿街滿巷以甘甜果子醬聞名於英國的橘子樹叢，帶著它們的暗香，流動，浮動，帶著幾處巷尾飄來的吉他聲和隱約的頌唱，向最古老的Santa Cruz 區流動，浮動，影子横過影子，影子擠著影子，逼入天竺葵爭放黃白相間的大公館之間、對窗可以握手、扭曲多變的羊腸小巷。在鍛鐵的路燈下，另一些

舍維雅城節慶似的西班牙廣場。（舍維雅，葉灼攝）

影子招喚著，啊，也許是一些香氣騰騰美食的廚房和勁力渾然質野的Flemenco 舞蹈、歌聲和Olē Olē 的喝采招喚著，流動，浮動，一直到了魯凡達的小路上一間小小的西班牙小食的酒吧，夜看見了一個獨坐的影子，在一杯濃黑的咖啡前，弓著背，思索著——是安東尼·馬札鐸吧，是V·亞歷山大吧——思索著一些羅密歐與茱麗葉的故事，他們之結合於愛，他們之結合於死，和舍維雅許多其他的結合於愛、結合於戰爭、結合於死亡的故事，許許多多破而立立而破的結合，摩爾式和哥德式的結合，燦爛的拼嵌花彩和奪目絕白的結合，一個更高度的除卻戰爭唯有愛的結合，當夜陪伴著舍維雅人去擁抱他們的一切的病痛、一切的老傷、一切的腐爛和死亡。

跟著曙光醒來，依著河水的呼喚，穿過迴腸般仍在沈睡如泥的迷魂鎮的舊城，走到瓜達歸飛爾的河邊，在那廣闊無人的散步道上，迎風，看花，細聽一些運輸船律動有致的擊水聲，呼吸花的流香和遠方大平原吹來的陽光初暖的空氣，在太多的隆隆的街車和叫賣的哄鬧來臨之前，讓我們坐在垂花下的咖啡座，在嬝嬝咖啡香的拂動中，我們等待舍維雅醒來。

醒來，沿著河邊的步道移行，跨越快車道，穿過一些森森的叢樹，豁然開朗，開出節慶一般的熱鬧，熱鬧擁向廣場中央的一個生命力奮發的噴泉；節慶一般的人群，或在環繞著噴泉的一條池河上泛舟，或在池河的幾條花磚拱橋上仰觀摩爾風的門柱而讚歎，或俯聽水中愛意汎然的笑聲而沉吟，或沿著由花磚砌成的西班牙四十省的歷史人情風物畫而高歌舞踏……

這些歡快節慶的活動，再由一間半弧形具有三座矗天高塔的宏麗建築兩袖一伸將之團團抱住。舍維雅的白日就在這個胸懷廣闊的西班牙廣場裡成熟完臻。

卡蒙那廢堡(Carmona)逆旅的兩首歌

黃昏之歌

安達魯西亞谷地紅紅落日的大圓，緩緩地把白色的丘屋染紅，把懸掛在半空中教堂細長尖塔的側影仔細地刻切，之後，把剩下來的粉紅、朱紅、深紫，大筆大筆的粉紅、朱紅、深紫，一下子全部洒向霧白粉白的天邊，畫出一條多彩多姿的圍巾，把退而不能休的年老的夫婦冷冷的夢暖暖的包裹起來。

曙光之歌

早晨八時一片黑。雞啼，廢堡的殘垣斷瓦。薄薄的月亮顫動的微光。黑暗的青石街上隱約的跫音。城垛等待著、等待著，靜靜地等待著，等太陽的第一線光，把流連不去的黑暗一揮割破，為我為你地毯一樣攤開一百里一千里一萬里初發的草綠，從肥沃的谷原的這頭，一山坡一山坡的展開，展開，直到莫蘭那的山腳。

——一九九五年六月二十九、三十日《聯合報・聯合副刊》

新墨西哥抒情

甲篇

一、在大漠的呼息裡醒著

彷佛一直在呵護著我每一步的移動，殷勤地，扶持著我緩緩的穿行，用一種清澈沁人心脾的撫觸，分分秒秒提昇著我的凝注，試著去看，試著去聽。我從來沒有經驗過這樣奇特的感覺，這無色無臭肉眼無法辨別完全透明的空氣，這七千尺高原大漠的空氣，竟然像一個有知覺有靈性的存在，善解人意，體貼入微，輕輕地，挑逗著我去追跡她伸向萬里空靈的體態，去模寫這空無透明的一種涼一種冷冽，這看不見卻刻刻可以感覺著形影不離的活動。這奇特的滌蕩著靈魂的相遇和印應，和勞倫斯在這高原大漠的經驗近似而又不盡相同。他說：「我靈魂中有什麼東西瞿然停住……在新墨西哥雄奇猛猛的早晨裡，我們躍然驚醒，我們靈魂中某一個新的部份突然醒來，舊的世界讓位於新的世界。」

我確然被一種雄奇所抓住。我彷彿走向無限，無限彷彿走向我。無限是一種無法想像而又只能想像的境象，人在不同特有的瞬間感覺到，置身其間，有著一種無以言喻的飄逸超昇。無限有時在一種迷茫中見著，如杜甫的「莽莽天涯雨，江村獨立時」，如柳永的「暮靄沈沈楚天闊」。另一種情況是視覺馳入一種遙遠，在極目處，微微的抖顫的景物，似見未見，正是開出南宋馬遠夏圭畫境的王維詩句：「江流天地外，山色有無中。」無限是自我逐漸的隱退而讓位於更大的時空：「從日到夜／從夜到日／我們航不出這圓圈／後一個圓／前一個圓／一個永恒／而無涯涘的圓圈」（辛笛：航），在白日與黑夜的邊緣時刻，在夢與醒之間而頓覺永恒與無限的雄奇。

我確然被一種雄奇所抓住，一種非常奇特的感覺，萬里的清明透亮，不是莽莽天涯雨，不是暮靄沉沉的茫茫，一兩個龐大的山或帶著時間沖跡斜臥的橫石，像海上停泊的島嶼，被不斷擴張的圓圈抱著盪著。我在這有而復無無而復有透亮的大漠裡出現、隱退，逐漸消失而幾至於無，只留下一種感印的覺識，是一種醒著，醒在無限與雄奇整體的存在裡，不是靈魂某一部份突然的驚醒，而是在大漠空氣澄明柔美的引導下，除卻了一切私我的期求，滌蕩的心脾緩緩地印應著大有大無的湧現。

二、走入山岩諸色活潑潑的生命裡

走入奧姬芙(Georgia O'Keeffe)的畫裡，彷彿是走入新墨西哥的夕陽，具體，直接，真實，或者應該說，夕陽多變的顏彩，不，是紅色山岩的泥紅顫著赤紅，赤紅顫著紫紅，紫紅顫著深沉而又飛揚的洗紅洗紫的流痕，帶著巨大的藍天，自大漠原野奔馳而來，進入她結實而樸素的乾泥埡垛焙(Adobe)黃土屋的天井，進入她形象簡捷卻又如天空一樣豐富的畫裡。

河谷裡一列長長的白楊樹最璀璨的金黃已經逝去——依著曙曉的到臨，這裡的第一個早晨，我不得不對自己朗笑——所有的樹，樹前面一大片野曠——秋草溫暖著的野

曠——谷後永恆不變的山——這一切彷彿都移入到我的房間，進入我的身體——這裡非常之美

大窗外一大片豐沃的紫花苜蓿——然後是鼠尾草，再過去，最完美的一座山——它令到我想飛——至於藝術會變得怎樣，誰管它……持護著目擊一切的脈動，自然律動一樣的脈動——無盡的鄉野——沙漠和山群——相對地，人渺小如針尖——這是我的感覺——人的大部分存在是不怎麼值得我們去費思的——在自然鄉野與人類之間取捨，前者是美妙太多了。

那大河——那些山群——眾河的花款——山脊的——浸漬流跡的——路的——田野的——水成岩洞的——乾的濕的展姿……諸種色調的綠，更冷的茶色褐色……如此俊美地伸向遠方，太令人側目的俊美——像地毯最神奇的花款，或者像抽象畫……這麼簡單而又這麼美，我禁不住想，它們可以為人類製造奇蹟，把人類的卑小和瑣碎

典型的印地安埡垛焙（Adobe）村屋。（聖塔菲所見，葉灼攝）

——除卻……

或許就是因為這素樸空靈的美，奧姬芙離開她的男人——在紐約能呼風喚雨的攝影大家和畫壇主導史迪克烈茲(Alfred Stieglitz)——和他帶給她的一切閃爍華麗的城市生活而走入俊美的野曠，走入全然燦麗的天空，走入山岩泥紅、赤紅、紫紅各自獨立而活潑潑的生命裡。

三、在太古紅岩的諸色裡靜聽無聲的樂音

我們追逐著騰騰飛揚的白雲而進入了引向奧姬芙神遊之村亞壁橋(Abiquiu) 的河谷，突然，在一展無垠灰調的漠草和矮樹叢之間，飄起一列類似劍草的垂綠。雖只是微青微綠，我們知道這地下正潛藏著河水的泉源。果然，不久，我們便見樹見林，一筆迤逶的微綠，彎彎曲曲，穿過灰黃斷岩環抱的雙袖，輾轉入遠方。

此時，路上自然的景色平平。路旁埡垛焙式黃土屋小店門前正掛滿了一串串焚紅的乾辣椒，隨風飄動，好熱鬧的紅，好衝鼻的紅，頓時把空氣染了一陣淡淡的辣味。另一些簷間，掛

有五色相間的乾玉米，在焚紅的辣椒的對比下，顯得柔麗如花裙，在風中蕩漾。

此時，雖說自然的景色平平，感覺卻是異乎尋常的，是因為透明的空氣使我們目及千里？是因為白雲騰騰的驅勢讓我們與山群一同馳行？

與山群一同馳行，說著說著，幾個逐漸拔高、顏色開始時黃時紅間灰間白或突然濃烈如血的山崖跌宕地趕到。我們正欲全速赴會，眼前卻出現了亞壁橋旅舍的招牌。亞壁橋旅舍。就是說我們已經到了奧姬芙畫室所在地的亞壁橋村。我們進去打聽打聽。主人說：「亞壁橋村就在前面交叉路口左轉，但奧姬芙的屋子早已有了新的主人，不對外開放了。」我們有些失望，幸好我們追尋的主要是她畫裡活潑潑的山岩諸色，看不到畫室也無大礙。

我們剛要轉身出門，前面壁上正好掛著兩幅奧姬芙的名畫：陶斯(Taos)鎮前由幾片泥屏風疊成的埡垛焙風的「牧莊教堂」，和褐紅的小山。我們明明知道這是複製品，但映照著窗外隔岸的紅崖，自有一番入境入情的氣氛。但我們更被另一張照片吸引著，那照片裡是帶有兩個回教寺圓頂的埡垛焙建築，矮矮的伸臥在野曠上。在這印地安人的土地上，這可真的是一所回教寺？主人此時指指點點地說：它就在隔岸紅崖山的後面。

奧姬芙的名畫「牧莊教堂」的藍本，在陶斯的鎮外，是堊垛焙（Adobe）風的建築。（廖慈美攝）

我們決定改道而行。一向以矗天傲立的回教寺，竟然能在大有大無的野曠上如此的謙卑，我們怎好放過這樣的景象呢。

我們繞過一些土房子，找到一條便橋，到了溪河的對岸，發現這邊沿河的大樹木葉落盡，不知是什麼樹，但枝頭微微點綠，一路沿河邊的泥路伸展過去，在藍天和透明的陽光下，令人疲倦全消。

我們不久便看到一些回教標誌的墳地和圓頂小屋，大概是一個回教小村吧。我們依著土路奔前，以為回教寺就在前面，結果越走越荒野無人，前面只是沒有個性的大漠上大小山的重疊，看不到什麼回教寺的跡象。

我們顯然迷失了。我們走到一個深廣的荒谷的一條歧路。慈美突然興奮的大叫一聲：「你看！」乾涸的河床的荒谷上橫展著一座兩座、三座漂灰漂白的神廟？城牆？塔樓？萬年前的洪水的刻鐫，萬年來從未間斷的風雕，如此細緻的刀法，如此完美的造型，傲然獨立在空無人跡的太古裡。遠看，只是一片灰白空靈的廟影、城影、樓影，近看，灰白中竟有數之不盡的層次，好豐富的一種白、一種灰；近看，是誰的藍圖啊，刻出這些藤蘿繞繞的雕欄、迭次昇高的

迷失在無人的荒谷裡，太古萬年的水鑿風雕留下這片漂灰漂白雄偉的神廟？城樓？（葉灼攝）

是誰的藍圖啊，刻出帽塔、尖塔、乳塔，刻出藤蘿繞繞的雕欄、迭次昇高的廊柱……（廖慈美攝）

廊柱和拋物線繩索似的吊橋，刻出帽塔、尖塔、乳塔……而都由一種近乎沒有個性、可以說是近乎空無的灰白顯影出來，好雄偉的一張灰白的底片！

太有意思的迷路！我們看到了奧姬芙似乎還沒有看到的更豐富的非色的顏色（起碼我們在她的畫裡和她的書信裡未曾遇見。）太有意思的迷路！我們和自然的大化相會，在新墨西哥的記載之外！我們留連了半天，在塔樓下、廟堂下細數風和水雕鑿的流痕而沉入太古的呼息、太古神奇的運作裡。

＊　　＊　　＊

轉頭出谷，迷失了的埡垛焙回教寺竟然就在前方，彷彿有一種召示，一種安排，讓我們先在素樸的雄渾中深深印認人之微渺，然後再和這破例地謙下的回教寺相見。這埡垛焙回教寺院是如此謙遜的匍匐著，使人頓覺其他清真寺意欲奪天的狂傲。我們弓身入堂，矮矮的華蓋，潔淨疏雕，素樸中有一種簡單的華麗，有一種貼身的親和，不似一般清真寺圓頂那樣高不可攀。然後我們靜靜的弓身出來，群山突然向四方隱退到天邊，而圓頂的天昇騰得更高更深，啊，這

這埡垛焙（ Adobe ）風的回教寺如此謙遜的匍匐著，使人頓覺其他清真寺意欲奪天的狂傲。（葉灼攝）

才是真正的華蓋，真正的令人拜伏的萬有的圓頂；這所埡垛焙的回教寺院只不過是自然殿堂的門檻！

＊　＊　＊

回到亞壁橋村的時候已經靠近中午了。一所教堂，幾間房子，都是乾泥埡垛焙的黃土建築。無人。無聲。一些顫動——山谷的回響？風滑過黃土的埡垛焙屋頂？

天井的泥牆是如此的温暖——在光亮冷冽的月光中是如此的富有生命……天井是圍起來的空間——頂上是光亮的天空——四面的房間有些許門窗開向中央——這些是我們很想觸撫的埡垛焙温暖柔和的牆——有時我們覺得它們太細緻太柔美了，我們不好去觸摸它——我們應該不要驚動它——遠遠的留在那裡——未經觸摸。

今天的教堂，今天的其他民房，都像陶斯的「牧莊教堂」那樣，雖然沒有冷月的照耀，也都一樣細緻、溫暖、柔美——未經觸摸處子一樣的細緻、溫暖、柔美。我們不要驚動它們。我們要靜靜地離去。

＊　＊　＊

你提到印地安人——我在陶斯遇見一個並且深深認識他，是我一生中認識的人中最非凡的一個人——他像山那樣奇妙——像天空那樣奇妙——對於生命感對於作為人的行徑是如此神秘可敬——他同時既是一個天真的孩子也是一個成熟的大人——非常崇高的一種人。

我們從亞壁橋到「鬼牧莊」到回聲峽谷，這一大片由太古自然大化水刻風雕出來的自然博物館，同樣的紅土，像那幾近無色的灰白廟堂一樣，也是有無盡層次的玩味，而每一種紅也是那樣活潑潑，彷彿搶著要說話那樣，要求我們十二分的凝注。二十多年前飛越美國的西南部，從高空看到道的沛然運行，曾寫下如下的句子：

教我如何把它顯現得完全？
一里長二里長筆洗過的泥紅
由透明的淺到褐紫的深，向
那無垠的赭色不知是沙還是石的層巖
突然的切斷而淡入空無
因風？因水？
因巨大無比的毛筆？誰的？
如此洒脫、道
無形流動，隱隱刻劃著峽谷
每一分鐘皴著
　　　　潑著
　　　　破著
如此的細、慢、要一隻

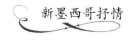

無形的眼
才能看見
……
……
道說：無為
　　　獨化

道說：
凝視凝視：凝：你終將沉入風景裡
　　　　　　　成山化水而逐雲
凝視凝視：凝：風景終將沉入你的內裡
　　　　　　　成血化氣隨呼吸而躍騰

今天，因著奧姬芙的畫而從天空來到地面，由茫然超然轉到親近，由遠距的視覺到了觸覺的近距，那「一筆洗過的泥紅」，忽然一變而為粉黃、泥黃、蛋黃、金黃、藤黃、橙黃、鈷黃、蝶黃、蛾黃、粉紅、洋紅、茜草紅、砂紅、玉紅、橙紅、火鳥紅、朱砂、鈷紅、碘紅、鎘紅、猩紅、焦紅、赭紅、煅紅、炭紅、褐赭、茶赭、紫紅、鈷紫、苯胺紫……。啊，幽紫幽紅，好新鮮潤濕的光澤，彷彿彩筆剛剛曳過。好一種諸色滲染，黃滲染著紅紅滲染著紫，彷彿刻刻在製造新的顏色，彷彿刻刻顫出新的變化。我們人造的顏料，從自然界提煉出來的有限的顏料，又怎能與自然刻刻萬變現在仍在製造的顏彩競賽！啊，顏彩，自然中從未間斷生變的顏彩，正是我們生命存在的緣由！

站在鬼斧神工的鬼牧場的中央，左面是「教堂尖塔」危然聳立的紅岩柱，右面是「希臘神廟」排立在天藍的廊柱，前面是巨艦突起的船首剛剛趕到，後面是欲睡的神祉在峰頂臥下，靜聽，像我們一樣，既在太古，也在現在，既在成熟的過去，也在孩提一樣新生的眼前，靜聽，風從太古遙遠的峽谷吹來，緩緩地，繼續刻鐫，繼續演奏需要我們傾出全部心耳去凝聽的無聲的樂音，在雙袖環抱的回聲大峽谷之前。

——一九九六年八月十二、十三日《聯合報・聯合副刊》

一筆洗過的泥紅，忽然變作朱紅，鈷紅，碘紅，鎘紅鍛紅，焦紅，茶赭，紫紅……（廖慈美攝）

教堂石（葉灼攝）

我們傾出全部心耳去凝聽無聲的樂音，在雙袖環抱的回聲大峽谷之前。（葉灼攝）

乙篇

一、門的美學

帝王從來不知道轉動門鈕的快感。（註）

一群沐浴在現代化奇蹟的人們，呼喝一聲：「開門！」門的自動系統立刻辨認出主人的聲波而應聲開門。在沈醉中他們搖搖晃晃，跌入迷茫光影中閃閃生輝異質異形的物林裡。神經的激盪，一種神秘的幸福感，似有似無，自眾多的物品間升起……

至於門，門和門鈕，門和手的觸摸，觸摸和感覺，感覺和猛然湧躍的快感，游走於杉木楓木橡木門之間。猛然湧躍的快感，自沈鬱的鐵門，自威猛的銅門，自繁褥的銀門，自暴虐的金門。太陽的放射，月亮的圓柔，山嶺的騰躍，海水的波揚，指引著手不徐不疾的刻磨，隱約是年輪的漩動，風的飛舞，是色澤在時間長久的撫觸下淡出淡入以及木纖維在暴風雨年年鞭打下

是色澤在時間長久的撫觸下淡出淡入以及木纖維在暴風雨年年鞭打下失跡脫落和凹裂……

啊！顏彩！熱烈的紅。活躍的綠，會唱歌的顏色……（聖塔菲所見，葉灼攝）

失跡脫落和凹裂……啊！顏彩！熱烈的紅。活躍的綠，會唱歌的顏色。瘋狂抖動的節慶的顏色。看！這與天藍賽美的松綠石色，一塊長方形的翠青，自泥黃的土牆上躍出，邀我們進入其中冥思遨遊！這些多樣肌理多樣顏彩的門與由溫暖的金屬和涼冷的玉石鑲嵌而成的門鈕以及因著觸摸、轉動而產生的快感和湧躍的美，帝王從來不知道。這種快感和美的顫動是屬於生於泥土、活於泥土、依著泥土無聲的音樂呼吸、依著泥土律動自如的脈搏來創造和工作的人們。「帝王從來不知道轉動門鈕的快感。」他們壓根兒不認識門的美學。那些對著單調痘色滿是囚籠鐵條廢了門鈕的應聲門發號施令的現代人，也一樣，從來不知道轉動門鈕的快感，也一樣，壓根兒不認識門的美學。

——一九九六年二月一日《中國時報・人間副刊》

註：法國詩人龐茲(F. Ponge)的句子。

這紅土的／這黃土的／甘甜溫暖……（葉灼攝）

二、泥土的記憶

垂天的蔚藍
由平分的
紅土牆黃土牆
唱和著

這藍
你深愛著我深愛著
像印地安人那樣
像我們遠古的祖先那樣

這紅土的

這黃土的
甘甜溫暖
（印地安人深愛著的
我們遠古的祖先深愛著的）
卻似遊絲
似斷未斷的記憶
挑著你我啊
刺著你我啊

三、聽變

騰騰然
東沖
西擊

（葉灼攝）

大洪水
把萬里的沙石
猛地一推
由美洲大陸的中心地帶
推向太平洋
留下兩根獨石柱岩
來守護引向迷茫的狹谷
無人看見
無人聽見

在靜——
透明的靜——
靜靜移行的靜這一片

不見邊緣的大漠裡：

騰騰不斷飛來的白雲

千年萬年藍了又藍的藍天

——一九九二年

不見邊緣的大漠裡：騰騰不斷飛來的白雲千年萬年藍了又藍的藍天（葉灼攝）

附錄

洛夫、張默、管管、向明、葉維廉、梅新六人參加美國五大洲詩歌巡迴朗誦，第二站在新墨西哥聖塔菲（Santa Fe）舉行，次夜當地詩人牧莊主人狄書尉（Victor di Suvero）在著名之義大利餐廳巢館（El Nido）設宴餞別。宴中狄氏突然發難，說此次巡迴朗誦既是葉維廉安排，應寫一詩以資紀念云云。葉維廉靈機一觸，建議大家聯句，於是從他開始，繼由張默、管管、洛夫、向明各寫數句，並由葉維廉即席譯成英文，此外狄氏及座中另一美國詩人費思蒙（Thomas Fritzsimmons）亦參加聯句。夜宴未終，當場即得中英詩稿各一份，現由本刊發表以資紀念。聯句均反映聖塔菲高原極目無盡之大沙漠、雄奇峽谷、風雕廟堂等自然奇景，以及中美詩人相聚的情懷。（原載《創世紀詩雜誌第九十三期》，一九九三年夏季號）

一九九三年，我為友人臺灣五位詩人安排了美國幾個大城巡迴朗誦，第二站即新墨西哥的聖塔菲，並帶他們看了前敘的景色。此記。

巢館夜宴聯句
Farewell at El Nido

九十里的晶空
向我們圍擁
——葉維廉

Ninety miles of crystal sky
Embraces our bosom
—— Yip Wai-lim

眼前一片蒼茫

彷彿把遠古緩緩拉近

——張默

The mist before our eyes
Brings to us, suddenly, the entire past.

——Chang Mo

山上那匹綠馬
自蒼蒼遠古破窗而來
來找一個失落日久的兄弟

——管管

A blue horse from prehistoric time
Comes, breaking the window
To look for a brother
long-lost

——Kuan Kuan

我們是來自天涯的
路過白岩上空的一片雲
乘風而來
化鶴而去

——洛夫

We are but a mere cloud
At the end of the sky
That happens to pass the White Rock
Riding the winds as it comes
Changing into a crane as it goes

—— Lo Fu

走過九十里的晶空
我們這群詩的隊伍

向那比詩更遼闊的大地
呼嘯前進
——向明

Before ninety miles of crystal sky
We, a troop of poets,
Advance toward the
still-widening earth
——Hsiang Ming

珍貴的一刻
熱鬧的一刻
我們在唱
眾鳥傾聽
——狄書尉

A moment precious

A moment alive
We sing
Birds listen
——Victor di Suvero

野性的一刻
魔幻的一刻
在我們的血液中
眾鳥齊鳴
——費思蒙

A moment wild
A moment magical
Birds now sing
in our blood
——Thomas Fritzsimmons

迷離的巴里島

一

巴里島是如此長年地被神話化被童話化，層層疊疊的假象，如多樣的花蜜，挑起著世界各地的遊客。法國前衛戲劇家厄爾都把巴里的舞劇推舉為世界上最全面的戲劇形式之後，藝術家從各地湧來，取象造象，在假象上再加延伸。好萊塢不落人後，另用聲光色彩的按摩，把巴里塑造成人間仙境和無憂無慮的樂土。但，這是誰的樂土呢？是巴里傳統文化遷就外來遊客作出種種質變形變的仙島嗎？

令人驚訝的是：早在「文化工業」一詞發生之前，巴里島便已經被迫在觀光工業的邏輯下衍變運作，流露了後工業全球化時期把傳統文化和美學包裝轉化為擬相商品藝術的先聲。

有這麼一種說法：如果沒有這長年把巴里島神話化童話化的加工和準備，這個小島，在時間無情的破毀下，其文化早已蕩焉無存，如今，假象的運作，使得不少廟宇、神龕、靈壇和靈塔得以保留下來，而且獲得不少藝評家整理為「鎏金的定論」……這種說法大大地忽略了與此同時引發的空前的庸俗化和商品化。

一街一街從古建築拆下來的門飾窗飾、神像、石燈、石臼、雕柱、壁畫……。一村一村的倣古的門飾窗飾、神像、石燈、石臼、雕柱、壁畫。一站一站的蠟染、銀工、木工，配合著細工的表演，藝術的本能和衝動屈從於經濟的訴求，為的是要展示大量粗俗的複製的「藝術品」。看，滿街滿巷、山上的風景點、海邊的風景點，那些原住民被迫向遊客作黃蜂式的襲擊，一半哀求一半拉扯地去賤售他們的勞工。

厄爾都當年看的巴里舞劇，所謂語言、音樂、場景、服裝、顏彩、面具、舞姿和唱腔互相扶持互相激盪缺一不成的全面戲劇，在今天商品化的演出裡，除了舞姿偶然還具些許表現主義的感染力之外，已經是表面眩目的聲色，所謂互相扶持互相強化已是離多於合了。

巴里島的舞劇，語言、音樂、場景、服裝、顏彩、面具、舞姿、唱腔互相扶持互相激盪。（廖慈美攝）

浪濤猛力撞向岩石的水濺，在陽光下，在雨霧中，一片薄薄的白紗，籠罩著島岩峰上隱約可見的海廟坦那羅亭。（廖慈美攝）

二

但這也不是說，包裝文化外的巴里島沒有迷人之處。

碧波白浪逐著印度洋赤道下長驅無阻的大風，把沿岸的巨爪奇岩，擊鑿成龍騰虎撲的洞穴。火石擊花，浪濤猛力撞向岩石的水濺，在陽光下，在雨霧中，一片薄薄的白紗，籠罩著島岩峰上隱約可見的海廟坦那羅亭。

不被遊客注意的村落，一個接一個，驕橫地，用它們精雕細鑿的迎客門，用它們黑毛草疊建層層攀升左右前後高低有緻的家族靈塔，遠遠地，非常有律動地，互相應和著，應和著帝泉、應和著孟徵王壯雅的黑草亭和黑草七級浮屠，自一帶輝映著斑斕紅花的城河中升起……

但更令人騰躍的是自然本身不斷的重新發明，不斷的以狂傲與豐盛反擊人類庸俗的入侵。

巴圖爾火山把抑鬱的岩漿吐瀉，以黑岳的雄姿陡然拔起，自塑為一種赫赫的巍峨，傲視一切人類的卑鄙和瑣碎，把他們建造的醜惡和污穢一把燒盡，讓山波與湖鏡回復它們原始的雄渾與嫵媚。

不被遊客注意的村落，用它們黑毛草疊建層層攀升的靈塔，非常有律動地，應和著孟徵王壯雅的黑草七級浮屠，自一帶輝映著斑斕紅花的城河中升起……。（廖慈美攝）

啊，忘卻人為的神話與童話以及它們爍然如夢的假象。在此冬天猶似盛夏的小島上，高山不斷宣說它們的生命，深谷不斷浮起它們的生機，一種令人拜服的豐盛，靜靜地收復失地。淋漓的潤綠，淺柔復深密，深密復淺柔，一波一波地，有數不盡色層的交替互玩。黃色果實垂垂纍纍迭次高升的椰子林，一排一排地，挑釁地漫展向高原長年隱入深雲的火山群；散落的芭蕉樹，拂著風，拂著山的氣息、谷的氣息，拂起清透常新的生的流動，穿行在我們兩袖之間；燦爛如熊熊烈焰的鳳凰木花，彷彿是沉沉雨季後的一根突然擊擦的火柴，一下子把整個綠島完全點亮，照耀著傾溢的木瓜、芒果和紅毛丹，照耀著油油的禾田，從高山上，綠色瀑布那樣，一層層地流下來，流入綠谷，流向靜靜地互相推移的綠色的生命，流向等待我們謙卑地細細沉入探尋的迷離巴里島的另一種敘述裡。

——一九九六年二月八日《中央日報副刊》

詩情畫意
——明代題畫詩的詩畫對應內涵
鄭文惠 著

文學與政治之間
——魯迅·新月·文學史
王宏志 著

洛夫與中國現代詩
費　勇 著

老舍小說新論 王潤華 著

美術類

音樂人生 黃友棣 著
樂圃長春 黃友棣 著
樂苑春回 黃友棣 著
樂風泱泱 黃友棣 著
樂境花開 黃友棣 著
樂浦珠還 黃友棣 著
音樂伴我遊 趙　琴 著
談音論樂 林聲翕 著
戲劇編寫法 方　寸 著

與當代藝術家的對話
葉維廉 著

藝術的興味 吳道文 著
根源之美 莊　申編著
扇子與中國文化 莊　申編著

從白紙到白銀
——清末廣東書畫創作與收藏史
莊申 編著

畫壇師友錄 黃苗子 著

水彩技巧與創作
劉其偉 著

繪畫隨筆 陳景容 著
素描的技法 陳景容 著

建築鋼屋架結構設計
王萬雄 著

建築基本畫
陳榮美、楊麗黛 著

中國的建築藝術
張紹載 著

室內環境設計 李琬琬 著
雕塑技法 何恆雄 著
生命的倒影 侯淑姿 著

文物之美
——與專業攝影技術
林傑人 著

三十年詩　葉維廉　著
歐羅巴的蘆笛　葉維廉　著
移向成熟的年齡
——1987～1992詩
葉維廉　著
一個中國的海　葉維廉　著
尋索：藝術與人生
葉維廉　著
從現象到表現
——葉維廉早期文集　葉維廉　著
解讀現代・後現代
——文化空間與生活空間的思索
葉維廉　著
山外有山　李英豪　著
知識之劍　陳鼎環　著
還鄉夢的幻滅　賴景瑚　著
大地之歌　大地詩社　編
往日旋律　幼　柏　著
鼓瑟集　幼　柏　著
耕心散文集　耕　心　著
女兵自傳　謝冰瑩　著
詩與禪　孫昌武　著
禪境與詩情　李杏邨　著
文學與史地　任遵時　著
抗戰日記　謝冰瑩　著
給青年朋友的信
（上）、（下）　謝冰瑩　著
冰瑩書柬　謝冰瑩　著
我在日本　謝冰瑩　著
大漢心聲　張起鈞　著
人生小語
（一）～（七）　何秀煌　著
人生小語
（一）（彩色版）　何秀煌　著
記憶裡有一個小窗
何秀煌　著
回首叫雲飛起　羊令野　著
康莊有待　向　陽　著
湍流偶拾　繆天華　著
文學之旅　蕭傳文　著
文學邊緣　周玉山　著
文學徘徊　周玉山　著
無聲的臺灣　周玉山　著
種子落地　葉海煙　著
向未來交卷　葉海煙　著
不拿耳朵當眼睛
王讚源　著
古厝懷思　張文貫　著
材與不材之間　王邦雄　著
劫餘低吟　法　天　著
忘機隨筆
——卷一・卷二・卷三・卷四
王覺源　著

梅花引　樸　月 著
元曲六大家　應裕康、王忠林 著
四說論叢　羅　盤 著
紅樓夢的文學價值　羅德湛 著
紅樓夢與中華文化　周汝昌 著
紅樓夢研究　王關仕 著
紅樓血淚史　潘重規 著
微觀紅樓夢　王關仕 著
中國文學論叢　錢　穆 著
牛李黨爭與唐代文學　傅錫壬 著
迦陵談詩二集　葉嘉瑩 著
西洋兒童文學史　葉詠琍 著
一九八四　George Orwell 原著、劉紹銘 譯
文學原理　趙滋蕃 著
文學新論　李辰冬 著
文學圖繪　周慶華 著
分析文學　陳啓佑 著
學林尋幽——見南山居論學集　黃慶萱 著
中西文學關係研究　王潤華 著
魯迅小說新論　王潤華 著
比較文學的墾拓在臺灣　古添洪、陳慧樺編著
從比較神話到文學　古添洪、陳慧樺主編
現代文學評論　亞　菁 著
現代散文新風貌　楊昌年 著
現代散文欣賞　鄭明娳 著
葫蘆・再見　鄭明娳 著
實用文纂　姜超嶽 著
增訂江皋集　吳俊升 著
孟武自選文集　薩孟武 著
藍天白雲集　梁容若 著
野草詞　韋瀚章 著
野草詞總集　韋瀚章 著
李韶歌詞集　李　韶 著
石頭的研究　戴　天 著
寫作是藝術　張秀亞 著
讀書與生活　琦　君 著
文開隨筆　糜文開 著
文開隨筆續編　糜文開 著
印度文學歷代名著選(上)(下)　糜文開 編譯
城市筆記　也　斯 著
留不住的航渡　葉維廉 著

抗日戰史論集　劉鳳翰 著
盧溝橋事變　李雲漢 著
歷史講演集　張玉法 著
老臺灣　陳冠學 著
臺灣史與臺灣人　王曉波 著
黄帝　錢穆 著
孔子傳　錢穆 著
宋儒風範　董金裕 著
弘一大師新譜　林子青 著
精忠岳飛傳　李安 著
鄭彥棻傳　馮成榮 著
張公難先之生平　李飛鵬 著
唐玄奘三藏傳史彙編　釋光中 編
一顆永不隕落的巨星　釋光中 著
新亞遺鐸　錢穆 著
困勉強狷八十年　陶百川 著
困強回憶又十年　陶百川 著
我的創造・倡建與服務　陳立夫 著
我生之旅　方治 著
逝者如斯　李孝定 著

語文類

文學與音律　謝雲飛 著
中國文字學　潘重規 著
中國聲韻學　潘重規、陳紹棠 著
魏晉南北朝韻部之演變　周祖謨 著
詩經研讀指導　裴普賢 著
莊子及其文學　黄錦鋐 著
管子述評　湯孝純 著
離騷九歌九章淺釋　繆天華 著
陶淵明評論　李辰冬 著
鍾嶸詩歌美學　羅立乾 著
杜甫作品繫年　李辰冬 著
唐宋詩詞選——詩選之部　巴壺天 編
唐宋詩詞選——詞選之部　巴壺天 編
清真詞研究　王支洪 著
苕華詞與人間詞話述評　王宗樂 著
優游詞曲天地　王熙元 著
月華清　樸月 著

日本社會的結構
福武直原著、王世雄 譯
文化與教育 錢 穆 著
開放社會的教育 葉學志 著
大眾傳播的挑戰 石永貴 著
傳播研究補白 彭家發 著
「時代」的經驗
汪 琪、彭家發 著
新聞與我 楚崧秋 著
書法心理學 高尚仁 著
書法與認知
高尚仁、管慶慧 著
清代科舉 劉兆璸 著
排外與中國政治 廖光生 著
中國文化路向問題的新檢討 勞思光 著
立足臺灣，關懷大陸
韋政通 著
開放的多元社會 楊國樞 著
現代與多元
——跨學科的思考 周英雄主編
臺灣人口與社會發展
李文朗 著
財經文存 王作榮 著
財經時論 楊道淮 著
經營力的時代
青龍豐作著、白龍芽 譯
宗教與社會 宋光宇 著

史地類

古史地理論叢 錢 穆 著
歷史與文化論叢 錢 穆 著
中國史學發微 錢 穆 著
中國歷史研究法 錢 穆 著
中國歷史精神 錢 穆 著
中華郵政史 張 翊 著
憂患與史學 杜維運 著
與西方史家論中國史學
杜維運 著
清代史學與史家 杜維運 著
中西古代史學比較
杜維運 著
歷史與人物 吳相湘 著
歷史人物與文化危機
余英時 著
共產國際與中國革命
郭恒鈺 著
共產世界的變遷
——四個共黨政權的比較
吳玉山 著
俄共中國革命祕檔
(一九二〇～一九二五) 郭恒鈺 著

宗教類

天人之際　李杏邨 著
佛學研究　周中一 著
佛學思想新論　楊惠南 著
現代佛學原理　鄭金德 著
絕對與圓融
——佛教思想論集　霍韜晦 著
佛學研究指南　關世謙 譯
當代學人談佛教
楊惠南編著
從傳統到現代
——佛教倫理與現代社會
傅偉勳主編
簡明佛學概論　于凌波 著
修多羅頌歌　陳慧劍譯註
禪 話　周中一 著
佛家哲理通析　陳沛然 著
唯識三論今詮　于凌波 著

應用科學類

壽而康講座　胡佩鏘 著

社會科學類

中國古代游藝史
——樂舞百戲與社會生活之研究
李建民 著
憲法論叢　鄭彥棻 著
憲法論集　林紀東 著
國家論　薩孟武 譯
中國歷代政治得失
錢 穆 著
先秦政治思想史
梁啓超原著、賈馥茗標點
當代中國與民主
周陽山 著
我見我思　洪文湘 著
釣魚政治學　鄭赤琰 著
政治與文化　吳俊才 著
中華國協與俠客清流
陶百川 著
世界局勢與中國文化
錢 穆 著
海峽兩岸社會之比較
蔡文輝 著
印度文化十八篇
糜文開 著
美國社會與美國華僑
蔡文輝 著

中國哲學與懷德海　東海大學哲學研究所主編
人生十論　錢　穆　著
湖上閒思錄　錢　穆　著
晚學盲言（上）（下）　錢　穆　著
愛的哲學　蘇昌美　著
邁向未來的哲學思考　項退結　著
逍遙的莊子　吳　怡　著
莊子新注（內篇）　陳冠學　著
莊子的生命哲學　葉海煙　著
墨家的哲學方法　鍾友聯　著
韓非子析論　謝雲飛　著
韓非子的哲學　王邦雄　著
法家哲學　姚蒸民　著
中國法家哲學　王讚源　著
二程學管見　張永儁　著
王陽明——中國十六世紀的唯心主義哲學家　張君勱 著、江日新 譯
王船山人性史哲學之研究　林安梧　著
西洋百位哲學家　鄔昆如　著
西洋哲學十二講　鄔昆如　著
希臘哲學趣談　鄔昆如　著
中世哲學趣談　鄔昆如　著
近代哲學趣談　鄔昆如　著
現代哲學趣談　鄔昆如　著
思辯錄——思光近作集　勞思光　著
中國十九世紀思想史（上）、（下）　韋政通　著
存有・意識與實踐——熊十力體用哲學之詮釋與重建　林安梧　著
先秦諸子論叢　唐端正　著
先秦諸子論叢（續編）　唐端正　著
周易與儒道墨　張立文　著
孔學漫談　余家菊　著
中國近代新學的展開　張立文　著
哲學與思想——胡秋原選集第二卷　胡秋原　著
從哲學的觀點看　關子尹　著
中國死亡智慧　鄭曉江　著
後設倫理學之基本問題　黃慧英　著
道德之關懷　黃慧英　著
異時空裡的知識追逐——科學史與科學哲學論文集　傅大為　著

滄海叢刊書目(一)

國學類

中國學術思想史論叢
(一)～(八)　錢　穆　著
現代中國學術論衡
錢　穆　著
兩漢經學今古文平議
錢　穆　著
宋代理學三書隨劄
錢　穆　著
論語體認　姚式川　著
論語新注　陳冠學　著
西漢經學源流　王葆玹　著
文字聲韻論叢　陳新雄　著
入聲字箋論　陳慧劍　著
楚辭綜論　徐志嘯　著

哲學類

國父道德言論類輯
陳立夫　著
文化哲學講錄
(一)～(六)　鄔昆如　著
哲學與思想　王曉波　著
內心悅樂之源泉　吳經熊　著
知識・理性與生命
孫寶琛　著
語言哲學　劉福增　著
哲學演講錄　吳　怡　著
日本近代哲學思想史
江日新　譯
比較哲學與文化
(一)(二)　吳　森　著
從西方哲學到禪佛教
——哲學與宗教一集　傅偉勳　著
批判的繼承與創造的發展
——哲學與宗教二集　傅偉勳　著
「文化中國」與中國文化
——哲學與宗教三集　傅偉勳　著
從創造的詮釋學到大乘佛學——哲學與宗教四集
傅偉勳　著
佛教思想的現代探索
——哲學與宗教五集　傅偉勳　著